GRöLS Verlage

„BÜCHER SIND WIE FALLSCHIRME. SIE NÜTZEN UNS NICHTS, WENN WIR SIE NICHT ÖFFNEN."

Gröls Verlag

Redaktionelle Hinweise und Impressum

Das vorliegende Werk wurde zugunsten der Authentizität sehr zurückhaltend bearbeitet. So wurden etwa ursprüngliche Rechtschreibfehler *nicht* systematisch behoben, denn kleine Unvollkommenheiten machen das Buch – wie im Übrigen den Menschen – erst authentisch. Mitunter wurden jedoch zum Beispiel Absätze behutsam neu getrennt, um den Lesefluss zu erleichtern.

Um die Texte zu rekonstruieren, werden antiquarische Bücher von Lesegeräten gescannt und dann durch eine Software lesbar gemacht. Der so entstandene Text wird von Menschen gegengelesen und korrigiert – hierbei treten auch Fehler auf. Wenn Sie ebenfalls antiquarische Texte einreichen möchten, finden Sie weitere Informationen auf www.groels.de

Viel Freude bei der Lektüre wünscht Ihnen das Team des Gröls-Verlags.

Adressen

Verleger: Sophia Gröls, Im Borngrund 26, 61440 Oberursel

Externer Dienstleister für Distribution & Herstellung: BoD, In de Tarpen 42, 22848 Norderstedt

Unsere „Edition | Werke der Weltliteratur“ hat den Anspruch, eine der größten und vollständigsten Sammlungen klassischer Literatur in deutscher Sprache zu sein. Nach und nach versammeln wir hier nicht nur die „üblichen Verdächtigen“ von Goethe bis Schiller, sondern auch Kleinode der vergangenen Jahrhunderte, die – zu Unrecht – drohen, in Vergessenheit zu geraten. Wir kultivieren und kuratieren damit einen der wertvollsten Bereiche der abendländischen Kultur. Kleine Auswahl:

Francis Bacon • Neues Organon • **Balzac** • Glanz und Elend der Kurtisanen • **Joachim H. Campe** • Robinson der Jüngere • **Dante Alighieri** • Die Göttliche Komödie • **Daniel Defoe** • Robinson Crusoe • **Charles Dickens** • Oliver Twist • **Denis Diderot** • Jacques der Fatalist • **Fjodor Dostojewski** • Schuld und Sühne • **Arthur Conan Doyle** • Der Hund von Baskerville • **Marie von Ebner-Eschenbach** • Das Gemeindekind • **Elisabeth von Österreich** • Das Poetische Tagebuch • **Friedrich Engels** • Die Lage der arbeitenden Klasse • **Ludwig Feuerbach** • Das Wesen des Christentums • **Johann G. Fichte** • Reden an die deutsche Nation • **Fitzgerald** • Zärtlich ist die Nacht • **Flaubert** • Madame Bovary • **Gorch Fock** • Seefahrt ist not! • **Theodor Fontane** • Effi Briest • **Robert Musil** • Über die Dummheit • **Edgar Wallace** • Der Frosch mit der Maske • **Jakob Wassermann** • Der Fall Maurizius • **Oscar Wilde** • Das Bildnis des Dorian Grey • **Émile Zola** • Germinal • **Stefan Zweig** • Schachnovelle • **Hugo von Hofmannsthal** • Der Tor und der Tod • **Anton Tschechow** • Ein Heiratsantrag • **Arthur Schnitzler** • Reigen • **Friedrich Schiller** • Kabale und Liebe • **Nicolo Machiavelli** • Der Fürst • **Gotthold E. Lessing** • Nathan der Weise • **Augustinus** • Die Bekenntnisse des heiligen Augustinus • **Marcus Aurelius** • Selbstbetrachtungen • **Charles Baudelaire** • Die Blumen des Bösen • **Harriett Stowe** • Onkel Toms Hütte • **Walter Benjamin** • Deutsche Menschen • **Hugo Bettauer** • Die Stadt ohne Juden • **Lewis Caroll** • *und viele mehr….*

Josephine Siebe

Kasperle im Kasper-Land

Inhalt

Kasperle denkt nach

Kasperle lag unter einem Palmenbaum, streckte beide Beine in die Luft und ließ sich die Sonne auf die Nase scheinen, was diese auch gründlich tat. Die kleinen, schmalen Blätter des Palmenbaumes vermochten vor den Sonnenstrahlen nicht zu schützen, die sich Kasperles große Nase zum Zielpunkt nahmen.

Eino, der Gärtnerbursche, stand vor Kasperle, als der so mit seinen Beinen in der Luft herumfuchtelte, und fragte: „Was machst du?“

„Ich denke nach.“

„Worüber denn?“

„Wie's früher war.“

„Was denn früher?“

„Dummkopf!“

„Bist selbst einer, Kasperle, das stimmt.“

„Nä, du bist einer!“

Doch mit dieser Bezeichnung war Eino nicht einverstanden, er drohte: „Kasperle, ich werfe dich in den Springbrunnen!“

„In den kann ich allein gehen.“ Und hoppla-hopp! purzelbaumte Kasperle über Eino hinweg – pardauz – lag er im Springbrunnen. Der war kühl und erfrischte Kasperle. Dann sprang er wieder aus dem Brunnen, lief zu seinem Palmbaum zurück, dabei schüttelte er sich wie ein Spatz nach einem Regenguß und spritzte Eino ganz naß.

Der mußte lachen: „Du bist ein Strick, ich werd's Mister Stopps sagen.“

„Meinetwegen,“ brummte Kasperle. „Nun störe mich nicht, ich muß nachdenken.“

„Erzähl' mir, an was denkst du?“ Eino war neugierig wie eine Elster, denn wenn Kasperle nachdachte, kam meist nachher ein Streichlein heraus, und Eino hatte Kasperles Streichlein gern. Er mochte überhaupt das Kasperle gut leiden, und er paßte auch immer auf das Kasperle auf, weil dessen Besitzer, Mister Stopps, gesagt hatte: „Kahspärles reißen manchmal aus. Paß auf ihn auf, Eino!"

Kasperle mochte aber keinen Aufpasser leiden, darum fuhr er jetzt Eino mit seinem rechten Bein an die Nase und als der schrie: „Laß das!" kriegte er auch einen Nasenstüber mit dem linken Bein. „Schwippdiwipp, der war nicht von Pappe," sagte Bob, der gerade dazu kam. Bob war Mister Stopps Diener und Kasperles guter Freund. Als Bob jetzt kam, klagte Kasperle ärgerlich: „Eino langweilt mich."

„Er denkt nach," rief Eino, „da wird er wieder ein Streichlein machen wollen."

„Ja," Kasperle nickte, „ich fall dir heute abend in dein Essen."

„Lieber nicht."

„Doch, ich falle."

„Ich sag's Mister Stopps."

„Dann bin ich böse."

„Warum?"

„Darum."

„Dumm, dumm."

Eino war wütend. Und weil er ohne dies Bob nicht leiden konnte, lief er davon. Bob aber sagte: „Kasperle, an was denkst du?"

„An Marlenchen und an Herrn Severin und Frau Liebetraut, an Rosemarie und Michael, an Mutter Annettchen, an Vater Friedolin, an –"

„An alle, die du lieb hast?"

„Ja." Auf einmal sah Kasperles Schelmengesicht tief traurig aus und Bob merkte, daß Kasperle wieder einmal Heimweh hatte. Denn wenn Kasperle nachdachte, kam nicht immer ein Streichlein heraus, sondern manchmal auch Heimweh. Bob tröstete: „Du wirst sie bald wiedersehen."

„Nein," schrie Kasperle und machte ein bitterböses Gesicht, „er erlaubt es nicht."

„Er" war Mister Stopps, ein reicher Engländer, der Kasperle vor zwei Jahren für zwei Millionen in Torburg gekauft hatte. Von dem Geld war die kleine Stadt Torburg nach einem großen Brande wieder neu aufgebaut worden. Und aus Torburg schrieben immer wieder die guten Freunde: „Kasperle, komm doch und sieh, wie schön es bei uns geworden ist. Kasperle, hast du nicht bald Ferien? Mister Stopps hat doch versprochen, dir Ferien zu geben."

Das war es eben, versprochen hatte Mister Stopps wohl die Ferien, aber er gab sie Kasperle nicht. Mister Stopps war ein wunderlicher Herr, er konnte sehr gut sein, wenn er wollte, aber er wollte nicht immer. Manchmal wollte er gar nicht, dann war er so verdrießlich, als wäre sein Großvater ein Brummbär gewesen. Das Kasperle hatte er sehr lieb, und aus lauter Liebe war er eifersüchtig auf jeden, den das Kasperle gern hatte. Er dachte immer, Kasperle würde ausreißen, weil er ihm das Versprechen mit den Ferien nicht hielt, aber das wollte er nicht halten, weil er eifersüchtig auf alle Torburger war. Am liebsten hätte er das Kasperle in einen Glasschrank gestellt und nur zum Spaßmachen herausgenommen.

Bob wußte das wohl, auch daß Mister Stopps das mit den Ferien nur gesagt hatte, um Kasperle zu trösten. Aber Kasperle schrie wütend: „Er gibt mir keine, er ist schlecht, er hält sein Wort nicht!"

„Aber Kasperle!" rief Bob.

„Ja, schlecht, schlecht!" schrie Kasperle und machte sein allerbitterbösestes Räubergesicht, „ich kann ihn nicht leiden."

„Uen kannst du nicht leiden?"

Ein langer Schatten fiel über Kasperle hinweg. Himmel, Mister Stopps war es, der die Frage tat.

„Dich kann ich nicht leiden," schrie das wütende Kasperle.

„Aber du sein ein böses Kahspärle."

Mister Stopps war böse, Kasperle aber war noch viel böser, er sah aus wie Mister Stopps an Schlechtelaunetagen. „So bist du!“ schrie er.

„Aber Kasperle!“ mahnte Bob. Der dachte, es gehe nicht gut aus. Und es ging auch nicht gut aus.

Mister Stopps wurde wütend. Sehr böse. Und Kasperle sollte Streiche bekommen, der jedoch meinte, eigentlich hätte Mister Stopps die Strafe verdient, denn wenn einer nicht Wort hielte, müsse er bestraft werden. Mister Stopps dachte aber gar nicht daran, sich selbst zu bestrafen, sondern rief: „Oh Kahspärle, du sein böse, wirst eingesperren.“

„Nä,“ rief Kasperle, „ich will nicht.“

„Aber ich uill. Bob, sperren ihn ein!“

„Nä,“ schrie Kasperle und – heidi hoppsasa! purzelbaumte er über Mister Stopps hinweg und – – weg war er.

„Er sein ausgerissen,“ schrie Mister Stopps erschrocken. „Uo ist er?“

„Weg.“ Bob sah sich um und um, er sah Kasperle nicht mehr. Auf einmal aber hörte er etwas plätschern, da dachte er: „Der liegt im Springbrunnen.“ Da sagte er, um den kleinen Schelm vor dem Eingesperrtwerden zu retten, flink zu Mister Stopps: „Ich denke, Kasperle ist im Haus.“

Mister Stopps wollte gerade dorthin eilen, als Eino kam. Und Eino war ein Verräter und schrie: „Kasperle liegt im Springbrunnen.“

Da lag er auch wirklich drin und Mister Stopps rief erschrocken: „Oh, er sein ertrinkt!“

„Ja, ich bin ertrinkt!“ schrie Kasperle aus dem Brunnen heraus mit einer wahren Bärenstimme, wie einer sicherlich nicht schreit, der ertrunken ist.

„O Kahspärle, du sein schlimm.“

„Du auch,“ brummte Kasperle. Da war es gut, daß plötzlich der Briefbote kam und meldete, er habe einen Brief für Mister Stopps. Da vergaß dieser, daß Kasperle eingesperrt werden sollte. Kasperle stieg patschnaß aus dem Springbrunnen und schüttelte sich da, wo Eino stand. Da wurde auch der wieder patschnaß. Mister Stopps nahm den Brief von dem Briefträger entgegen, aber auf einmal sah er ungemein nachdenklich aus, und Kasperle, der schon wieder die ihm zugedachte Strafe vergessen hatte, kam ganz nahe an Mister Stopps heran, reckte und streckte neugierig seine Nase hoch und schrie: „Vom Michele?“

Der Brief war wirklich von dem berühmten Geiger Michael, Kasperles Freund, und Mister Stopps erschrak gewaltig darüber, daß Kasperle das herausbekommen hatte.

„Du sein neugierig, Kahspärle,“ sagte er streng.

„Der Brief ist für mich,“ schrie Kasperle.

„Nein, für mich.“

„Ich will ihn lesen.“

„Du sein frech.“

„Ich will ihn lesen.“ Kasperle machte wieder ein bitterböses Gesicht, und Mister Stopps schrie wieder: „Du uirst eingesperren!“

Hoppla-hopp! Mister Stopps saß auf einmal auf dem Rasen und Kasperle verschwand im Hause.

„Suchet ihn, er soll eingesperren uerden,“ rief Mister Stopps ganz wütend. – Weg war Kasperle.

Alles Suchen half nichts, Kasperle war nirgends zu finden. Bob und Eino suchten überall; Eino wollte sogar die Speisekammer durchsuchen, aber das litt die alte Haushälterin Angela nicht, die sagte: „Den Schlüssel habe ich in der Tasche, da kommt mir keiner rein.“

„Aber Kasperle.“

„Kasperle hin, Kasperle her, durch das Schlüsselloch kann er nicht kriechen.“

„Nein, das kann er nicht. Komm, Eino, wir sehen auf dem Boden nach,“ sagte Bob lachend. Er wußte ganz genau, wo Kasperle war, aber er verriet den kleinen Schelm nicht. Und die alte Angela tat es auch nicht. Die holte ihren Speisekammerschlüssel aus der Tasche und redete in die geöffnete Kammer hinein: „Sei nur recht ruhig, Kasperle, du wirst überall gesucht, und wenn du hungrig bist, kannst du etwas essen."

Na, das hätte sie dem Schelm nicht zu sagen brauchen. Der hatte schon einen halben Kuchen aufgegessen und platzte beinahe.

Während Mister Stopps in jeden Schrank, in den Waschtisch und unter jedes Bett schaute, ob Kasperle da nicht steckte, saß Kasperle ganz ruhig in der Speisekammer und dachte wieder nach. Er dachte an den Brief vom Michele, den er himmelgern gelesen hätte. Was mochte wohl darin stehen? Gewiß, daß er in den Ferien auf Rosemaries Schloß kommen sollte, oder sonst etwas Schönes.

Wie Kasperle so nachdachte, sah er auf einmal ganz oben an der Decke eine kleine Tür. Wohin führte die? Das mußte Kasperle untersuchen, denn geheimnisvolle Türen öffnete er gar zu gern. Er kletterte also flink auf ein großes Speiseregal, auf dem lauter Büchsen mit guten Dingen standen. Daß etliche davon herunterfielen, kümmerte Kasperle nicht viel. Eins – zwei – drei war er oben, saß auf dem höchsten Brett des Regals und sah, daß er von da gerade das Türchen aufmachen konnte. Er tat es, kletterte in die Öffnung hinein und sah – ja wohin sah Kasperle?

Den Raum kannte er doch.

Es war das Gefängnis, in das Mister Stopps Kasperle immer sperrte, wenn er unnütz gewesen war. Und darin stand Mister Stopps selbst.

Kasperle wäre vor Schrecken beinahe durch die kleine Türe gefallen, aber glücklicherweise sah weder Mister Stopps noch Bob das Kasperle. Mister Stopps sagte gerade: „Also, uenn du ihn findest, sperrst du ihn gleich ein. Ich geh' schlafen, ich bin von die Angst zu angegrifft."

Damit ging er aus dem Gefängnis, und Bob folgte ihm und keiner sah das Kasperle. Das kletterte wieder zurück, warf dabei wieder etliche Büchsen und Einmachgläser um und kam so glücklich unten in der Speisekammer an.

Da saß nun Kasperle wieder und dachte weiter nach: Er mußte den Brief lesen, das mußte er! Aber wie sollte er zu dem Brief gelangen?

Wo hatte den Mister Stopps verborgen?

Das Kasperle wurde ganz trübsinnig vor lauter Nachdenken. Da hörte er auf einmal Bob in der Küche sagen: „Nun könnte Kasperle wieder zum Vorschein kommen, Mister Stopps schläft."

Da war Kasperle draußen, stand auf einmal in der Küche wie aus einer Pistole geschossen.

„Ich dachte es mir doch!" Bob lachte. „Kasperle," drohte er, „wenn Mister Stopps mal merkt, daß du immer in der Speisekammer steckst, dann wird es schlimm."

Aber seit Kasperle gehört hatte, daß Mister Stopps schlief, hatte er keine Angst mehr, auch nicht, als Bob sagte: „Ich muß dich nachher einsperren."

„Tu's nur." Kasperle lachte, denn das Schlüsselein zum neuentdeckten Türchen klapperte in seinem Hosensäcklein herum. Das bedeutete Freiheit.

„Kasperle, du hast ein Dummheitle im Sinn," sagte Bob.

Kasperle machte ein unschuldiges Bubengesicht, aber Bob sah doch, wie seine Äuglein glitzerten. Da mahnte er: „Mach's nicht gar zu schlimm, sonst wird Mister Stopps ganz wütend, du weißt –"

Oh je, Kasperle wußte. Wenn Mister Stopps ganz wütend war, dann war mit ihm kein gutes Auskommen, und Kasperle liebte ihn dann ganz und gar nicht. „Nun geh' und mache keinen Lärm, jetzt lasse ich dich noch frei, aber versprich mir, daß du dich nicht wieder versteckst und zum Vorschein kommst, wenn Mister Stopps ausgeschlafen hat," sagte Bob.

Das versprach Kasperle. Und dann kugelte er zur Küche hinaus.

Ach, Bob ahnte gar nicht, wie unnütz das Kasperle sein konnte.

* Anmerkung: Wer von allen den Personen, die Kasperle kannten und ihn lieb hatten, hören will, muß die vier ersten Bände: „Kasperle auf

Reisen“, „Kasperle auf Burg Himmelhoch“, „Kasperls Abenteuer in der Stadt“ und „Kasperles Schweizerreise“ lesen.

Kasperle denkt weiter nach und liest einen Brief

Mister Stopps schlief. Er saß in einem hohen Lehnstuhl, schnarchte ganz gemütlich und hatte den Arm auf den Tisch gelegt. Unter dem Arm aber lag der Brief, den Kasperle gern haben wollte.

Eine große bläuliche Fliege wollte sich Mister Stopps gerade auf die Nase setzen, als Kasperle sie wegjagte.

Ja, Kasperle! Das tat das aber nicht aus Mitleid und Liebe, es wollte nur nicht, daß Mister Stopps aufwachen und ihn erblicken sollte.

„Rrrrrrrrr“ schnarchte Mister Stopps.

Kasperle ging um ihn herum wie die Katze um den heißen Brei. Seine Augen blinkerten, und wer das Kasperle jetzt ansah, konnte merken, daß es ein rechter Schelm war.

Da erblickte Kasperle den Brief unter dem Arm von Mister Stopps, und beinahe hätte es einen lauten Freudenruf ausgestoßen. Es versuchte den Brief wegzuziehen, aber es wollte und wollte nicht gelingen, weil der Arm von Mister Stopps gar zu schwer auf dem weißen Umschlag lag.

Was sollte Kasperle beginnen?

Feuer schreien, dachte es, dann springt Mister Stopps auf und rennt hinaus und dann –, dann war das Feuerlein nicht da, und jeder wußte gleich: Kasperle hat den Streich gespielt.

Mister Stopps würde sofort den Brief vermissen und dann –

Weiter mochte Kasperle gar nicht denken. Es fand ohnehin, es müßte sich an diesem Tag schrecklich quälen mit dem dummen Nachdenken.

Vor lauter Anstrengung steckte Kasperle das linke Bein in den Mund, da ging es mit dem Nachdenken gleich viel besser.

Auf einmal ließ es das Bein fahren und sprang mit solchem Getöse auf, daß Mister Stopps im Schlafe brummte: „Oh, Kahspärle, du sein böse."

Wenn Mister Stopps nur gewußt hätte, was für einen schlimmen Gedanken das Kasperle hatte.

Das blieb vor Schreck wie angewurzelt stehen. – Ob Mister Stopps nicht aufwacht? dachte es.

Aber der wachte nicht auf.

Der schnarchte – risselrassel – weiter. Und Kasperle ging leise, leise zur Türe hinaus.

Nach ein paar Minuten war er wieder da und trug in der Hand – ein Schlänglein. Ein graues, unschuldiges Schlänglein, das keine Giftzähne hatte. Oh, aber Mister Stopps wäre doch furchtbar erschrocken, wenn er es gesehen hätte, denn Mister Stopps hatte eine ganz unbändige Angst vor Schlangen.

Und das schlimme Kasperle legte das Schlänglein gerade vor seinem Herrn nieder, kroch dann unter dessen Stuhl und zog eine große Nadel hervor.

Aber Kasperle!

Wirklich, das schlimme Kasperle stach zu und stach Mister Stopps in die Wade.

Ein gellender Schrei ertönte. Mister Stopps sprang auf, sah sich um und sah das Schlänglein zu seinen Füßen.

Das konnte jeder sehen, daß das ein harmloses Schlänglein war, aber Mister Stopps sah es nicht. Der begann furchtbar zu schreien und rannte eins – zwei – drei aus dem Zimmer. „Eine Schlange hat mir totgebeißen, ganz totgebeißen," schrie Mister Stopps.

„Ih wo," sagte Bob, der herzugelaufen kam und beinahe gesagt hätte: „Das wird Kasperle gewesen sein." Denn Bob hatte Kasperle sehr im Verdacht, es würde an diesem Tag Mister Stopps noch ein Streichlein spielen. Doch kein Kasperle war zu sehen und unten lag ganz matt und dösig das Schlänglein. Kasperle hatte es vorher zu fest angepackt, das hatte das arme Tier nicht vertragen.

„Da sein sie!"

„Die beißt nicht," sagte Bob.

„Doch, sie hat gebeißen, hier," und Mister Stopps zeigte kläglich auf seine Wade. „Ich bin vergiften, ich uerde stirbsen."

„Ih wo," sagte Bob wieder. Etwas anderes fiel ihm nicht ein.

„Nicht ih uoh, ja," rief Mister Stopps ärgerlich, „hol schnell einen Arzt!"

Bob sah ein, Widerspruch half hier nichts, also ging er hinaus, schickte draußen Eino nach dem Doktor und brachte seinem Herrn ein Brausepulver. „Das ist gut gegen Schlangenbiß," sagte er.

Und Mister Stopps glaubte es und trank. „Es uird mich schon besser," behauptete er dann.

Da kam der Doktor.

Einer, der viel wußte, war es nicht gerade. Als er den Nadelstich sah, dachte er, etwas hat gestochen, was es war, wußte er nicht, doch dem Schlänglein traute er die Untat auch nicht zu; aber es konnte gar wohl eine bitterböse giftige Fliege gewesen sein. Daher sagte er: „Mister Stopps muß ins Bett und Punsch trinken, viel Punsch."

Beides tat Mister Stopps gern. Er legte sich daher sehr geschwind in sein Bett und Angela bereitete ihm Punsch, wovon Mister Stopps so viel trank, daß er den Brief ganz vergaß, aber Kasperle vergaß er nicht, denn er sagte zu Bob: „Sperre Kahspärle ein und bring mich das Schlüssel."

Bob ging und Kasperle hörte ihn kommen. Aber Kasperle riß nicht aus, er ließ sich ganz geduldig einsperren; in seinem Hosensäcklein klapperte ja der Schlüssel zu dem geheimnisvollen Türchen.

Bob wunderte sich sehr. Sonst schrie Kasperle immer, daß es die ganze Nachbarschaft hören konnte und Corelli, Bollini und Vanini, die Nachbarn, sagten dann jedesmal: „Jetzt wird das arme, arme Kasperle vom bösen Mister Stopps eingesperrt."

Heute war Kasperle mucksstill, einmal nur fragte es: „Stirbst Mister Stopps?“

„Bewahre,“ rief Bob lachend. „Wer weiß, was den gestochen hat? Die Schlange sicher nicht.“

Da schoß Kasperle vergnügt einen Purzelbaum in sein Gefängnis hinein.

Weil nämlich Mister Stopps gar so sehr geschrien hatte, war Kasperle der Meinung, das Schlänglein hätte sich am Ende besonnen und wirklich gebissen.

Nun war er froh, und bettelte auch nicht wie sonst: „Bob, bleib bei mir!“

Bob wunderte sich, und noch mehr hätte er sich gewundert, wenn er gesehen hätte, was Kasperle tat, als Bob die Kammer verlassen hatte.

Kasperle kletterte hinauf zu dem vergitterten Fenster und las dort den Brief.

Potztausend war das ein Brief!

Vorwürfe gegen Mister Stopps standen darin, daß er sein Wort nicht gehalten und dem armen Kasperle keine Ferien gegeben hätte.

Und was stand noch drin?

Pardauz – fiel Kasperle von oben herunter und lag auf der Erde und heulte ganz schrecklich. Es war gut, daß Mister Stopps so viel Punsch getrunken hatte, daß er dachte, er träume das Geheule. Bob aber wußte, daß es kein Traum war, sondern daß Kasperle, sein armes Kasperle so sehr heulte.

Er lief zu ihm, Angela und Eino kamen auch herbei, der Nachbar Corelli kam angelaufen und alle umstanden das Kasperle und fragten, was ihm fehle. Aber Kasperle gab keine Antwort, sondern brüllte immer jämmerlicher, und der Doktor, der gerade kam, nach Mister Stopps zu sehen, sagte: „Er hat Leibschmerzen.“

„Nein, er hat Heimweh,“ meinte Bob.

Nun sind Heimweh und Leibschmerzen zwei recht verschiedene Dinge, und der Doktor ärgerte sich über Bobs Widerspruch. „Er hat Leibschmerzen, ich weiß das besser," sagte er und fragte: „Sag' Kasperle, was hast du gegessen?"

„Nur 'nen halben Kuchen."

„Sehen Sie, Herr Bob, er hat Leibschmerzen."

„Nä," schrie Kasperle grimmig, „ich hab' keine."

Der Doktor war etwas verdutzt über diese Antwort, dann erklärte er: „Ich bin kein Kasperle-Doktor" und ging davon.

Kasperle hörte auf einmal zu weinen auf, ihm war nämlich beim Anblick des Doktors Mister Stopps eingefallen, am Ende kam der, um nach ihm zu sehen.

Kasperle war so mucksstill, daß Angela sagte: „Nun stirbt er."

„Nä, ich stirbse nicht, ich schlafe."

Und – risselrassel – fing Kasperle so mächtig an zu schnarchen wie vorher Mister Stopps. Dabei glitzerten seine Äuglein und Bob sagte: „Kasperle, du bist ein Schelm."

Das war Kasperle schon, aber kaum waren Bob, Angela und Eino hinausgegangen, da war Kasperle nicht mehr der Schelm, sondern das arme, traurige Kasperle. Er las zum zweitenmal den Brief, las zum zweitenmal, daß in acht Tagen Michele, Rosemarie, Herr Severin, Frau Liebetraut, das feine Marlenchen und das Prinzlein in Genua sein und mit dem Schiff „Miramare" nach Amerika reisen wollten.

Alle miteinander.

Und Mister Stopps sollte mit Kasperle nach Genua kommen, damit alle das Kasperle noch einmal sehen konnten.

Was sie alle in Amerika wollten, stand nicht in dem Brief. Kasperle dachte auch nicht weiter darüber nach. Nur der Gedanke, daß er alle wiedersehen sollte, beschäftigte ihn. Er wußte ganz genau, Mister Stopps würde nicht mit ihm nach Genua reisen, der hatte viel zu große Angst, das Kasperle könnte ihm genommen werden.

Das arme Kasperle mußte sich an diesem Tage wahrlich sehr mit Nachdenken anstrengen. Aber so viel er auch nachdachte, wie er nach Genua kommen könnte, es fiel ihm nichts ein.

Auf einmal ging es draußen – traratrara – die Post fuhr vorbei und diese gelbe Post fuhr bis Genua. Mister Plumpudding, der Freund von Mister Stopps, war vor einigen Wochen von Genua hergereist gekommen. Er wohnte jetzt auch in Lugano und war ein närrischer kleiner Mann, von dem Kasperle manchmal dachte, er wäre eigentlich ein halbes Kasperle.

Wenn nun Kasperle als Mister Plumpudding nach Genua reiste?

Das war ein Gedanke.

Aber zu einer Postfahrt gehört Geld.

Woher das nehmen?

Auf einmal fielen dem Kasperle seine goldenen Sparpfennige ein, mit denen er manchmal spielte. Mister Stopps hatte sie ihm geschenkt und dazugesagt: „Verlier' sie nicht, das ist viel Geld!"

Was viel Geld war, wußte Kasperle nicht. Aber Bob hatte einmal erzählt, eine Postfahrt koste viel Geld, also würden seine Goldstücke wohl reichen. Und wenn Kasperle Bobs guten Anzug anzog und die Hosen kurz umkrempelte und Bobs neuen Hut aufsetzte, konnte man ihn schon für Mister Plumpudding halten.

So dachte wenigstens das Kasperle. Es kroch nun ganz zusammen vor lauter Nachdenken, wie er es machen sollte, um unbemerkt zu entkommen. Als Bob nach einem Weilchen nachzusehen kam, lag das Kasperle wie ein Bündlein zusammengerollt und schlief. Und nach einer Stunde, als Bob ihm das Vesperbrot brachte, schlief er immer noch. Ja, lieber Himmel, was konnte Kasperle zusammenschlafen! Er erwachte auch nicht, als Bob ihn rief. „Er will nicht, der Eigensinn," dachte Bob, „aber den Kuchen wird er schon essen."

Er ließ alles stehen und ging wieder hinaus. Saß dann ein Weilchen bei Mister Stopps, bis der auf einmal sagte: „Da draußen sein Kahspärle gelaufen."

Bob schüttelte den Kopf, er hatte nichts gesehen und Kasperle war doch eingesperrt. Mister Stopps hatte auch soviel Punsch getrunken. Bob ging wieder, um nach Kasperle zu schauen, aber Kasperle lag noch immer da und schlief. Bob kam und meldete dies seinem Herrn.

Doch Mister Stopps wollte das nicht glauben. Er behauptete: „Ich sah, uie Kahspärle laufte."

„Sehen Sie selbst nach," bat Bob.

Da stand Mister Stopps auf und sah nach und da lag das Kasperle und schlief. Es regte und rührte sich nicht. Ganz fest schlief es. Mister Stopps konnte rufen, so viel er wollte, kein Kasperle gab Antwort.

„Es sein eigensinnig," sagte Mister Stopps, „es kriegen nichts zu essen."

Das sagte er nur, weil er dachte, nun wird Kasperle aufspringen und sein Essen verlangen.

Das war doch sonderbar. Kasperle sprang nicht auf.

„Kahspärle, steh auf!"

Kein Kasperle stand auf.

Da erhob sich draußen ein lautes Wehgeschrei. Angela klagte: „Das hat Eino getan!"

„Was ist da draußen?" fragte Mister Stopps und lief geschwinde aus der Kammer, denn neugierig war er ziemlich. Draußen stand Angela und rang die Hände: „Mein gutes Tuch ist weg, mein allerbestes, das mit den Rosen! Eino hat es genommen."

„Das ist nicht wahr!" rief Eino empört.

„Doch, es ist wahr!"

„Nein, Kasperle wird es genommen haben."

„Kasperle ist eingesperrt."

„Ich sah es vorhin im Garten."

„Das kann nicht sein!"

„Doch, es war Kasperle, es trug ein großes Bündel."

„Kahspärle, oh mein Kahspärle, es schlafen," rief Mister Stopps.

Das glaubte Eino nicht und Bob mußte ihm erst das schlafende Kasperle zeigen. Da sagte Eino: „Ich werde ihm einen Rippenstoß geben, dann wird es munter."

Bob sagte: „Laß das!" aber Eino tat es doch.

Pardauz – rollte das Kasperle ein Stück weg, es war aber kein Kasperle, es war Kasperles Kittel und Angelas Tuch.

Kasperle war nicht da!

Kasperle war ausgerissen!

Mister Stopps kam wehklagend herbei. „Kahspärle ist ausgereißt," jammerte er. Angela kam und jammerte auch, und dabei dachte sie, vielleicht sitzt Kasperle in der Speisekammer.

Aber da saß er auch nicht.

Er saß nirgends, soviel auch alle suchten. Kasperle war verschwunden, von den Nachbarn hatte ihn auch niemand gesehen, und Mister Stopps war ganz verzweifelt. Er versprach dem viel Geld, der Kasperle zurückbringen würde, aber niemand fand Kasperle. Sogar zur Post ging Bob, ob Kasperle weggefahren wäre.

Nein, kein Kasperle war weggefahren.

Es war überhaupt kein Gast in Lugano in die Post gestiegen.

Wo war Kasperle? –

Die Reise nach Genua

Der Fuhrmann Pietro saß um dieselbe Nachmittagsstunde, als Bob meinte, Kasperle schlafe, vor seinem Hause und dachte darüber nach, wie arm er war. Schrecklich arm! Er hatte vor einem Jahr noch eine arme Frau geheiratet und wenn nichts und nichts zusammenkommen, gibt es kein Butterbrot. Und bei Pietro gab es an diesem Tage nicht einmal mehr trockenes Brot, nichts war im Hause.

Pietro dachte daran, daß er seine geliebten Pferde verkaufen müsse, um den Zins für das Häuschen zu bezahlen und um Brot zu kaufen. Das war schrecklich. Wenn Pietro seine Pferde verkaufte, war er kein Fuhrmann mehr, und Fuhrmann war er doch am liebsten auf der Welt.

Während Pietro so seinen traurigen Gedanken nachhing, kam auf einem mit Gras bedeckten Gartenweg ganz heimlich ein sonderbares Männlein daher. Das steckte in viel zu weiten Sachen. Die Hosen waren umgekrempelt, die Jacke schlotterte und der Hut war dem Männlein bis auf die Nase gerutscht.

Das Männlein sagte mit einer tiefen Brummstimme: „Ich sein Mister Plumpudding, ich uill auf der Straße reisen nach Genua."

„Nach Genua?" fragte Pietro, dem das Männlein zu verwunderlich erschien.

„Ja, nach Genua. Und nicht lange gefragt, eins – zwei – drei einspannen; uenn Mister Plumpudding befiehlt, muß es schnell gehen."

„Mit Verlaub. Ihr seht eher aus wie Mister Stopps' Kasperle als wie Mister Klumpeding."

„Plumpudding," schrie der kleine Mann, „so heiß' ich und der bin ich. Potztausend, ich bin kein Kasperle!" Und – pardauz hatte Pietro einen Nasenstüber weg, von dem er gar nicht wußte, wie er an seine Nase gekommen war. Denn, daß Mister Plumpudding zum Nasenstübern sein Bein genommen hatte, das konnte er doch nicht denken.

„Jawohl, Mister Klumpeding," sagte er sich verbeugend.

„Plumpudding heiße ich, und bin kein Kasperle," schrie der kleine Herr ganz so, wie Kasperle schrie.

Es ist doch Kasperle, er macht einen Streich, dachte Pietro und vorsichtig fragte er: „Habt Ihr auch Geld, Mister Klumpeding?“

„Da habt Ihr!“ Der schnurrige Herr zog ein Säcklein heraus und gab Pietro eine Handvoll echter, guter Goldstücke.

Da staunte der Fuhrmann. „Für ein Kasperle seid Ihr erstaunlich reich, Mister Klumpeding,“ sagte er.

„Plumpudding, Plumpudding, und ich bin kein Kasperle! Aber nun macht zu, sonst kommt Mister Stopps und –“

„Ihr seid doch dem Mister Stopps sein Kasperle, wenn Ihr auch Mister Klumpeding heißen wollt, junger Herr!“

Da sah Kasperle, daß es für ein Kasperle doch nicht leicht ist, unerkannt in die weite Welt zu reisen, selbst mit Bobs Hosen nicht. Er wußte sich gar nicht zu helfen und fing bitterlich an zu weinen.

Nun war Pietro ein sehr gutmütiger Mann. Ihm tat das Kasperle leid und er fragte: „Sag' mal, Kasperle, warum willst du denn als Mister Klumpeding in die weite Welt reisen?“

„Plumpudding,“ schrie Kasperle verärgert.

„Meinetwegen Lumpending, nun sage aber mal die Wahrheit!“

Und Kasperle sagte alles. Pietro fand das auch nicht nett von Mister Stopps, daß er mit den Ferien nicht Wort gehalten hatte, und das Einsperren fand er schlimm. Trotzdem sagte er: „Ich kann dich nicht fahren,“ als er dann aber das traurige Heimwehgesicht sah, das Kasperle machte, und an das viele Geld dachte, das Kasperle ihm geben wollte, redete er nur noch ein bißchen gegen die Fahrt. Schließlich sagte er, Kasperle solle nur einsteigen, er würde ihn nach Genua fahren.

Aber Pietro war nicht nur ein guter Mann, er war auch ein ehrlicher Mann. Als Kasperle schon im Wagen saß, schrie ihn Pietro an: „Woher hast du das Geld?“

Kasperle erzählte, und Pietro dachte, wenn einer so viel Geld hat, daß ein Kasperle damit spielen darf, kann ich das Geld auch nehmen. Und nun war er heilfroh, seine Frau mußte laufen und Eßwaren holen, mußte auch ein leeres Köfferlein in den Wagen stellen, damit Kasperle nicht ohne Gepäck reiste, das hätte doch zu komisch ausgesehen. Und dann fuhr Pietro – heidi – los.

Er fuhr an Mister Stopps Haus vorbei. Gerade dort fragte ihn jemand: „He, Pietro, wen fährst du denn?"

„Den Mister Lumpeding, einen vornehmen Engländer," sagte Pietro stolz. Und es war gut, daß er den Namen so verdreht hatte, denn aus einem Gäßlein heraus trat Mister Plumpudding, und die Leute hätten sich doch gewundert, wenn der hätte im Wagen sitzen sollen.

„Trara" konnte Pietro nicht blasen, denn er hatte keine Trompete, aber er sang, und weil er wie Florizel etwas Dichter und Sänger war, machte er sich flink ein Verslein:

„Mister Lumpeding will ganz flink
Nach Genua kutschieren. Trallala, trallala!
Kann sein, es ist ein Kasperlein.
Wer kann das studieren? Trallala, trallala!"

Bei Kasperlein verschluckte sich Pietro allemal, und einer, der vorüberging, verstand „Hampelbein". Der rief: „Aber Pietro, was singst du für ein Lied von deinem Fahrgast!" Da lachten Pietro auf dem Bock und Kasperle im Wagen, und Pietro sang immerzu: „Trallala, trallala."

Das hörte Mister Stopps und fragte: „Uer singt denn da?"

„Pietro ist's, er fährt einen reichen Engländer."

Kasperle, „der reiche Engländer", saß unterdessen verdattert im Wagen. Weil ihn Pietro gleich erkannt hatte, war es ihm gar nicht wohl zumute, denn Kasperle hatte Angst.

Wenn der Wagen an einem Haus, einem Menschen, einer Kuh oder an einem Hund vorbeifuhr, erschrak Kasperle. Einen Ochsenfuhrmann hielt er in seiner Angst für Mister Stopps und einen Bauer und seine Frau für Angela und Bob.

Es war schlimm für das Kasperle und war doch auch wieder gut für das Kasperle, denn sonst hätte er nur, wer weiß, was für Dummheiten unterwegs gemacht. So traute er sich nicht, ja er wagte im ersten Wirtshaus kaum zu reden.

Pietro sprach für ihn. Der sagte: „Ich fahre einen wunderlichen kleinen Engländer, der muß sehr vorsichtig behandelt werden, sonst wird er gleich böse.“ Da schlichen alle Leute ängstlich um Kasperle herum und Kasperle benahm sich ordentlich wie ein Herr.

Es wäre auch alles gut gegangen, wenn nur Kasperle nicht doch ein Strick gewesen wäre. Als es zum Schlafengehen ging und Kasperle in ein schönes Zimmer mit einem großen Bett geführt wurde, purzelbaumte er wild in den Betten herum: Hoppla – hoppla – hopp!

Da war ein Spiegel und da waren Kasperles Beine.

„Klirrklirr“ machte es, da war der Spiegel kaputt.

Man hörte den Lärm im ganzen Hause, und da Kasperle nicht zugeschlossen hatte, kamen auf einmal alle Dienstboten in das Zimmer, gerade als Kasperle erschrocken in sein Bett gekrochen war.

„Der komische Herr liegt mit allen Sachen im Bett!“ schrie eine Magd.

„Und den Spiegel hat er zerbrochen!“ schrie rasch eine andere.

„Das war 'ne Katze,“ schrie Kasperle.

„I wo, 'ne Katze tut so was nicht.“ Dem Wirt kam der kleine Herr sonderbar vor, er hätte beinahe die Polizei geholt, wenn Pietro nicht gewesen wäre. Pietro sagte, Herr Lumpeding wäre nun mal ein komischer Herr und würde alles bezahlen.

Da war der Wirt versöhnt, denn eben sagte unten in der Wirtsstube jemand: „In Lugano wohnt ein reicher Engländer, Stopps heißt er, der hat ein Kasperle, das sieht gerade so aus, wie dieser Herr Lumpeding. Ich wette, das ist Kasperle.“

„Und ich wette, das ist es nicht!“ rief Pietro.

Der Wirt sagte: „Na, der muß es doch wissen.“ Aber die Gäste meinten, man weiß doch nicht, der zerschlagene Spiegel ist doch sonderbar.

Pietro merkte wohl, was die Gäste dachten, deshalb spannte er vor Tau und Tag an, ließ dem Kasperle gar nicht Zeit zu frühstücken und fuhr ab. Nach einem Weilchen hielt er an und sagte streng: „Kasperle, wenn du noch einen dummen Streich machst, dann lasse ich dich mitten auf der Landstraße sitzen und du magst sehen, wie du nach Genua kommst.“

Da bekam Kasperle einen argen Schreck, er versprach himmelhoch gute Besserung. „Und jetzt heißt du Pfannkuchen und ich Stefano, sonst entdeckt uns Mister Stopps doch noch.“

Das wäre schlimm, dachte Kasperle und war seitdem mucksstill. Er machte kein Räubergesicht und kein Teufelsgesicht, nichts mehr, saß in den Wirtshäusern brav da und aß nicht gleich den ganzen Teller auf einmal leer, er war aus lauter Angst schrecklich artig.

Pietro wurde es ordentlich unheimlich, er dachte immer: „Es passiert doch noch was. Ein Kasperle ist eben ein Kasperle.“

Und in der Tat passierte auch noch etwas.

Kurz vor Genua hielt Pietro, der nun Stefano hieß, vor einem Wirtshaus, und er dachte: „Gut, daß es das letzte Mal ist.“

Die Wirtin kam herbeigelaufen und fragte, wen er denn brächte.

„Den Herrn von Pfannkuchen, einen kleinen, wunderlichen Mann, der nach Genua reist,“ erwiderte Pietro-Stefano und machte, während er dies sagte, die Wagentür weit auf. „Bitte aussteigen, Herr von Pfannkuchen!“ Aber kein Herr von Pfannkuchen stieg aus. Es saß überhaupt keiner im Wagen.

„Na nu,“ rief Pietro, „wo ist er denn?“

„Herausgefallen oder ausgerissen!“ rief die Wirtin. „Da seht, die Tür ist auf! Na, Ihr seid mir ein netter Fuhrmann, Ihr verlieret unterwegs Eure Reisenden!“

Pietro war ganz verdutzt. Er sah noch den ganzen Wagen durch, und da sich kein Kasperle fand, ging er endlich den Weg zurück, den er gekommen war. Ein Stück vom Wirtshaus entfernt sah er ein paar Männer stehen, die schrecklich schalten.

„Da ist sicher Kasperle," dachte Pietro und lief hin.

Es war wirklich Kasperle. Der kleine Schelm war im Schlafe aus der Kutsche gefallen und von den Männern gefunden worden. Da hatte Kasperle, als er aufwachte und die fremden Gesichter sah, vor lauter Angst sein Teufelsgesicht gemacht.

„Das ist ein Teufel, ein richtiger kleiner Teufel!" schrien die Männer.

„Unsinn, das ist der Herr von Pfannkuchen!" rief Pietro, dem es um das Kasperle bange war. Er packte den Kleinen und rannte mit ihm seinem Wagen zu.

Das wollten sich die Männer aber nicht gefallen lassen, sie rannten hinterher und sie behaupteten steif und fest, Kasperle wäre ein kleiner Teufel, sie hätten ihn gefunden und ihnen gehöre er. Das arme Kasperle, das wieder einmal verkannt wurde, war so verdattert, daß ihm nichts einfiel, was ihm hätte helfen können, als Purzelbaumschießen.

Als die Männer immer näher kamen, riß er sich von Pietro los und purzelbaumte immer über Stock und Stein bis zum Wagen hin.

Da meinten die Männer erst recht, Kasperle wäre ein Teufel. Sie wollten ihn aus dem Wagen herauszerren und Kasperle kobolzte vor Schrecken auf den Kutscherbock, von da auf das rechte Pferd. Das nahm es aber übel.

Heida – rasten die Pferde los! Pietro, der gerade hatte einsteigen wollen, fiel in den Wagen, und fort ging es.

Hoppla – hopp.

Die Männer schrien: „Haltet den Teufel!" Aber keiner konnte die Pferde aufhalten. Durch das Dorf ging es Galopp, Galopp, und endlich, als niemand und nichts mehr zu sehen war, gelang es Pietro, auf den Bock zu klettern und die Zügel zu erfassen. Da standen die Pferde still.

„Nun fahren wir bis nach Genua," rief Pietro, „mit dir kehre ich nicht mehr in ein Wirtshaus ein. Es war ein Glück, daß du so fein purzelbaumen konntest."

„Gelt, ich kann's?" Da war Kasperle vom Pferderücken runter und lag im Straßenstaub.

Er konnte das Purzelbaumen wirklich gut.

„Da liegt Genua," sagte Pietro nach einem Weilchen.

„Wo?" rief Kasperle und fiel vor Eifer beinahe wieder auf die Straße.

„Da!"

In Genua

Ja, da lag es! Und da fuhren die beiden hinein, fuhren in einen Lärm und in ein Gebrause hinein, daß Kasperle dachte, es wäre Jahrmarkt. Es war aber kein Jahrmarkt, sondern Pietro sagte, in Genua wäre es alle Tage so.

Wieviele Menschen nur auf den Gassen waren! Dem Kasperle wurde es himmelangst. Wie sollte er da alle seine guten Freunde herausfinden! „Was mache ich nun?" jammerte er.

Aber Pietro wußte Rat. Ob es freilich ein guter Rat war, ist eine andere Frage. Er sagte zu dem Kasperle, das gerade losheulen wollte: „Das mußt du nicht tun, Kasperle. Ich fahre dich an den Hafen, da suchen wir das Schiff, und du fährst einfach ein Stück mit und kommst dann zu Mister Stopps zurück."

„Ja," sagte Kasperle kläglich. Wie es auf einem Schiffe war, davon hatte er nämlich keine Ahnung, auch nicht, wie er auf das Schiff kommen sollte. Auch Pietro dachte sich das Mitfahren leichter. Doch auf einmal fiel ihm ein, es könnte Geld kosten, er sagte daher: „Hast du auch noch Goldstücke, Kasperle?"

Ja, die hatte Kasperle noch und Pietro meinte, die würden langen. – Also fuhr Pietro zum Hafen.

Auf einmal schrie Kasperle: „Da liegt ein großes, blaues Tuch, das immer wackelt!“

Es war aber kein wackelndes blaues Tuch, es war das Meer.

„Darauf sollst du fahren, Kasperle.“

Das konnte sich Kasperle gar nicht vorstellen, und wenn ihm jemand gesagt hätte, er sollte mit dem Hosenbödle auf dem Meer herumrutschen, er hätte es getan.

Doch Pietro sagte so etwas nicht. Pietro benahm sich sehr verständig, er fragte einen Mann: „Wo liegt denn das Schiff ‚Miramare‘?“

„Dort.“

Wirklich sah Pietro an einem großen Schiff den Namen „Miramare“ stehen.

„Wie kommt man denn darauf?“ fragte Pietro.

„Man geht über das Wasser spazieren!“ Der Mann lachte. „Du bist wohl noch nie auf dem Wasser gefahren?“ fragte er.

„Doch, auf dem See von Lugano,“ sagte Pietro stolz.

„Ist auch was Rechtes. Auf einem See kann man in einer Waschwanne spazierenfahren. Meer aber ist Meer.“

Diese kluge Versicherung glaubte Pietro schon, er hatte aber noch viel auf dem Herzen, und da der Mann gutmütig war, bekam Pietro Antwort und erfuhr, die „Miramare“ ginge morgen früh in See, und wer mit wollte, müßte sich schon arg sputen.

„Mach doch flink!“ schrie da das Kasperle aus dem Wagen.

„Na, wer ist denn das?“

„Kas – Herr von Pfannkuchen.“ Beinahe hätte sich der gute Pietro versprochen.

„Kas von Pfannkuchen ist aber ein komischer Name.“ Der Mann lachte, als stünde er vor einer Kasperbude, dann aber fragte er: „Hat er schon eine Fahrkarte?“

Nein, die hatte er nicht. Und weder Kasperle noch Pietro wußte, wie und wo man ein solches Ding erhielt. Dem Fremden kam das sehr verwunderlich vor, und er sagte: „Wißt ihr was, ich glaube, mit euch ist etwas nicht richtig, ich glaube, ihr seid ausgerissen."

Jemine, erschraken die beiden. Und in ihrer Angst baten sie beide den Fremden, er möchte sie nicht verraten.

„An wen denn?" fragte der.

„An Mister Stopps," schrie Kasperle.

Der Fremde lachte wieder. „Ausgerissen seid ihr und dumm seid ihr auch. Also ich werde euch nicht verraten. Der kleine Mann mag hier bei den Pferden bleiben, der große kommt mit und holt eine Fahrkarte, sonst kommt ihr im Leben nicht auf das Schiff."

So wäre es wohl auch geworden ohne die fremde Hilfe. Aber Kasperle fürchtete sich ganz entsetzlich, allein im Wagen bleiben zu müssen. Er dachte, jeder Vorbeigehende müßte Mister Stopps sein, und als Pietro wiederkam, mußte er eine ganze Weile suchen, ehe er den Wächter unter dem Wagen fand.

„Na, du bist mir ein schöner Aufpasser!" sagte er, und der Fremde meinte: „Er hat wohl was arg Schlimmes angestellt!"

„Gar nichts hab' ich getan, ich armes Kasperle!"

„Was bist du?"

Da war es heraus, was der kleine Kerl war, und der Fremde wollte sich totlachen über die Geschichte. „Na," sagte er, „wird das eine Überraschung auf dem Schiff geben! Ich bringe dich hinüber, sonst passiert noch etwas."

Und das war gut, denn allein hätte kein Bootsmann das arme Kasperle übergesetzt. Auch auf dem Schiff mußte Herr Salviati, so hieß der freundliche Helfer, für Kasperle reden, denn der Kapitän hielt ihn für einen kleinen Jungen. „Er ist nur ein bißchen klein geblieben," sagte Herr Salviati, „aber klug ist er und erschrecklich reich."

„Na denn, meinetwegen, dann mag er die Kabine neben der Prinzessin Gundolfine kriegen, die auch mitfährt.“

„Jemine, wo ist denn Ihr Schützling hin?“

„Ins Boot gefallen,“ stotterte Herr Salviati verdutzt, denn Kasperle war auf einmal weg. Er war aber nicht ins Boot, sondern in das Wasser gefallen, und es war gut, daß der fürsorgliche Pietro für Kasperles Goldstücke allerlei Sachen gekauft hatte, da konnte sich Kasperle nachher umziehen. Erst mußte er aber in seine Kabine.

Und Herr Salviati, dem es Pietro gesagt hatte, wer die Prinzessin Gundolfine sei, brachte das Kasperle auch glücklich hinein.

„So,“ sagte er, „nun lege dich nur in dein Bett, es scheint, als passiere bei dir immer etwas.“

Ja, es schien nicht nur so, es passierte schon allerlei.

Das Zubettgehen behagte Kasperle aber gar nicht. Hunger hatte er, und es war gut, daß Pietro auch dafür gesorgt hatte. Herr Salviati stellte den Koffer in Kasperles Kabine und setzte sich dann hin, denn er wollte noch ein Weilchen bei dem kleinen Schelm bleiben. Da kasperte ihm der flink etwas vor, und wie sie beide so recht drin waren, Herr Salviati im Lachen, Kasperle im Faxenmachen, sagte draußen eine Stimme: „Na, wenn der Mister Stopps nicht bald aus Lugano kommt, dann müssen wir ohne ihn abfahren.“

Und ein feines liebes Stimmchen rief: „Mister Stopps soll kommen, ach bitte, bitte warten Sie, denn der bringt mein liebes Kasperle.“

„Heiho, Kasperle, was ist dir?“ Herr Salviati sah ganz erstaunt auf Kasperle, dem dicke, dicke Tränen über das Gesichtchen liefen. Draußen hatte das feine Marlenchen gesprochen.

Darüber vergaß Kasperle seine ganzen Ängste, alles. Wenn das feine Marlenchen ihm nahe war, dann war alles gut. Herr Salviati sagte: „Schade, Kasperle, daß ich dich nicht mitnehmen kann, ich behielte dich zu gern. Jemine, Kasperle, was machst du für ein Gesicht! Willst du mich auffressen?“

Da mußte Kasperle lachen, seine Angst, mitgenommen zu werden, war vorbei und er nahm einen sehr zärtlichen Abschied von dem guten Herrn Salviati. Der versprach, Pietro noch zu grüßen und Kasperle versprach, Herrn Salviati zu besuchen. So versprachen sie sich eine ganze Weile allerlei und dann ging der freundliche Helfer fort.

Kasperle blieb allein.

Ganz allein auf dem großen Schiff.

Kasperle wollte heulen, so bange war ihm um sein kleines Kasperleherz, als draußen wieder die liebe Stimme ertönte: „Wenn doch Mister Stopps käme!“

„Lieber nicht,“ dachte Kasperle. Aber Marlenchens Stimme gab ihm den verlorenen Mut zurück und vor Vergnügen purzelbaumte er einmal. Das gab Gepolter, und nebenan sagte eine schrille Stimme: „Das ist ja ein schrecklicher Lärm.“ Eine andere antwortete nicht minder laut: „Da wohnt der Herr von Pfannkuchen.“

Himmel, die Prinzessin Gundolfine war doch seine Nachbarin, daß er das vergessen konnte! Kasperle blieb vor Schreck am Boden liegen und da hörte er ganz deutlich, was seine Nachbarinnen sprachen. Die Prinzessin sagte, sie möchte wissen, ob der Herr von Pfannkuchen wirklich so erschrecklich reich wäre, und wenn, dann könnte sie ihn doch heiraten.

Das war dem Kasperle doch zu toll, er schrie ganz laut: „Nä, nä!“

„Yes (ja) hat er gesagt. Weil er ein Engländer ist, redet er Englisch,“ sagte die Prinzessin.

Aber Kasperle schrie noch einmal laut: „Nä, nä!“

Hätte Kasperle jetzt das Gesicht der Prinzessin sehen können, er hätte eine Himmelangst gekriegt. Aber Kasperle war ein Bruder Leichtsinn, der dachte schon wieder daran, daß er der Prinzessin einen Streich spielen wollte. Heiraten wollte er sie auf keinen Fall.

Dann aber vergaß Kasperle die Prinzessin, denn er hörte diese nebenan weggehen, und er war froh, daß er nun an Marlenchen, an Rosemarie und Michele, an Herrn Severin und Frau Liebetraut denken konnte.

Heio, mit denen war er auf einem Schiff; würden die Augen machen, wenn er morgen früh zum Vorschein kam!

Jemine, aber die Prinzessin Gundolfine!

„Hach," stöhnte Kasperle, „wenn sie mich sieht!"

Das war doch eine schreckliche Geschichte, daß die Prinzessin auf dem Schiff war, die durfte ihn nicht sehen.

„Hach," stöhnte Kasperle wieder.

„Wi-chii," sagte etwas. Es war eine Ratte, die ganz gemütlich aus einem Winkel hervorkam. Wutsch! hatte Kasperle sie auch schon gefangen. Die Ratte wollte beißen, aber Kasperle wollte nicht gebissen werden, er wollte sie zur Tür hinauswerfen, denn Ratten im Zimmer liebte er nicht. Und darum hielt er die Ratte fest, machte die Tür ein Schlitzchen auf und warf sie hinaus. Wenn draußen nur nicht gerade die Prinzessin Gundolfine gestanden wäre! Die bekam die Ratte an den Kopf.

Ein Zetergeschrei erhob sich.

„Es hat mir jemand eine Ratte an den Kopf geworfen," schrie die Prinzessin Gundolfine, „ich glaube, es war der Herr von Pfannkuchen."

„Ich war's nicht," wollte Kasperle schreien, aber dann dachte er, „ich sage lieber gar nichts." Er verhielt sich mäuschenstill und draußen ebbte allmählich der Lärm ab. Die Prinzessin zeterte noch eine Weile, schrie, sie wolle auf ein anderes Schiff, bis dann der Kapitän kam und sagte, er wäre froh, wenn er sie los wäre. Herr von Pfannkuchen hätte die Ratte nicht geworfen, das wäre ein feiner Mann.

Das unnütze Kasperlgesicht sah der Herr Kapitän freilich nicht, sonst hätte er wohl anders von dem Herrn von Pfannkuchen gedacht.

Da sagte eine sanfte Stimme: „Woher ist denn der Herr von Pfannkuchen?"

„Aus Lugano."

„Aus Lugano, da kennt er vielleicht mein Kasperle," rief Marlenchen.

„Ha, ich falle in Ohnmacht, wenn ich nur an das schlimme Kasperle denke," schrie die Prinzessin.

Da wollte der Kapitän wissen, wer Kasperle wäre, und Marlenchen wollte erzählen. Die Prinzessin ließ sie aber gar nicht zu Worte kommen, so laut schrie sie, was für ein Erzschelm das Kasperle sei, Marlenchen hätte er ganz verdorben und das Prinzlein auch, und wenn sie gewußt hätte, Kasperles Freunde wären noch auf dem Schiff, dann wäre sie nicht mitgefahren.

„Wie sieht denn das Kasperle aus?" fragte auf einmal der Kapitän, der plötzlich seine eigenen Gedanken hatte.

Marlenchen wollte wieder berichten, aber die Prinzessin überschrie sie wieder. Sie beschrieb Kasperle so, daß der Kapitän sagte: „Also ein Scheusal."

„Ja, ein Scheusal."

Und damit war die Unterhaltung aus.

Der Kapitän wurde abgerufen, Marlenchen lief davon und Kasperle hörte die Prinzessin noch lange nebenan auf sich schimpfen.

Ach, wie in aller Welt sollte es das arme Kasperle anfangen, seine Freunde zu sehen, ohne von der bitterbösen Prinzessin gesehen zu werden! Und wenn Mister Stopps noch kam, dann wurde die Sache ganz schlimm.

Es war schwer für ein Kasperle, allein auf Reisen zu gehen.

Sehr schwer.

Erkannt

Kasperle schlief trotz seiner Ängste in der ersten Nacht sehr gut. Ein paarmal hörte er schreien: „Wer schnarcht denn hier so fürchterlich?“ dann antwortete er jedesmal „ich nicht“ und schnarchte weiter.

Er dachte nämlich, er schliefe so leise wie ein Engelchen.

Das arme Kasperle wußte gar nicht, was es angerichtet hatte.

Am Morgen klopfte es an die Türe, und der Diener fragte, ob Herr von Pfannkuchen nicht zum Frühstück kommen wollte.

„Ich bin krank, ich kann nicht aufstehen!“ schrie Kasperle entsetzt.

„Soll ich das Frühstück in die Kabine bringen?“

„Ja,“ schrie Kasperle, aber dann fiel ihm ein, der Diener könnte ihn erkennen, und er rief flink: „Ich kann nichts essen, ich bin zu krank.“

„Soll ich den Doktor schicken?“

„Nä,“ schrie Kasperle und der Diener dachte, na, wie ein feiner Herr schreit der da drinnen nicht.

Der Diener ging dem Kapitän melden, der Herr von Pfannkuchen wäre krank, aber einen Doktor wolle er nicht.

„Dann soll er es bleiben lassen,“ rief der Kapitän ärgerlich. Dem hatte gerade die Prinzessin Gundolfine erzählt, ihr Nachbar, der Herr von Pfannkuchen schnarche so schrecklich, daß sie gar nicht schlafen könne.

„Meinetwegen,“ hatte der Kapitän gebrummt, und da war die Prinzessin arg böse geworden.

„Meinetwegen sagt man nicht zu einer Prinzessin. Und überhaupt, der Herr von Pfannkuchen kommt mir sehr verdächtig vor. Warum kommt er denn nicht zum Frühstück?“

Der Kapitän konnte sich nicht weiter um seine Gäste kümmern, das Schiff sollte den Hafen von Genua verlassen, und er hatte genug zu tun.

Im letzten Augenblick, der Lotse hatte gerade das Schiff verlassen, kam ein Fischer angerudert, und Kasperle, der zu seinem runden

Kabinenfensterchen hinausschaute, hörte rufen: „Herr Kapitän, Sie sollen warten, Mister Stopps kommt noch, er sagt, Kasperle wäre mit auf dem Schiff."

„Wir haben kein Kasperle," rief der Kapitän, „wir können auch nicht warten."

„Ha," schrie die Prinzessin Gundolfine, „wer schreit drüben so?"

Kasperle heulte vor Angst.

„Herr von Pfannkuchen, sterben Sie?" rief die Prinzessin erschrocken vor der Kabine.

„Ja, ich stirbse."

„Ach, das muß man gleich dem Kapitän sagen," rief die Dame und rannte eiligst hinaus. Sie fand den Kapitän in seiner Kajüte, der rief: „Hab' keine Zeit!"

„Aber der Herr von Pfannkuchen stirbt."

„Meinetwegen, dann wird er ins Meer geworfen."

Oh wie schrecklich! Die Prinzessin rannte zurück und rief vor Kasperles Tür: „Herr von Pfannkuchen, Sie sollten lieber nicht sterben. Machen Sie doch mal auf, ich will sehen, ob Sie schon beinahe tot sind."

„Nä, ich bin wieder lebendig, ich mache nicht auf."

„Ein unhöflicher Herr," sagte die Prinzessin, die furchtbar neugierig war und vor lauter Neugier zum Kapitän gelaufen war.

Aber Kasperle machte nicht auf.

Er dachte, es wäre am besten so. Der Herr Kapitän aber dachte anders. Als er Zeit hatte, schickte er einen Diener, der sollte von dem Herrn von Pfannkuchen den Paß holen.

Der klopfte: „Bitte Ihren Paß."

Kasperle schrie heftig: „Hier ist es nicht naß." Denn was ein Paß war, das wußte der Schelm nicht.

„Den Paß."

„Ich habe kein Glas."

„Den Paß."

„Ich passe schon auf."

Kasperle verstand und verstand nicht, was der Diener wollte, und der lief zurück zu dem Kapitän. Da schickte der einen Matrosen, weil der lauter schreien konnte. Der schrie denn auch so an Kasperles Türe, daß nebenan die Prinzessin beinahe in Ohnmacht fiel. Bums, bums, bums, donnerte der Matrose an die Türe: „Aufgemacht, sonst wird geschossen!"

„Ich stirbse, stirbse gleich, ich bin schon tot," jammerte Kasperle, „ach, ich bin so krank."

Da ging der Matrose laut lachend von dannen und sagte: „Der Herr von Pfannkuchen hat die Seekrankheit bekommen!"

„In Neapel wird es sich mit dem Herrn von Pfannkuchen schon reden lassen," meinte der Kapitän. „Wer seekrank ist, ist ein armer Schelm."

Kasperle hatte aber gar nicht die Seekrankheit. Er war eigentlich putzmunter nach der guten Nacht, nur Angst hatte er, und als das Schiff zu schaukeln begann, hopste er vergnügt in seiner Kabine hin und her. Das war mal lustig.

Hoppla-hopp, bald saß er auf dem Bett, bald auf dem Boden, auf dem Waschtisch, wo einer nur irgend sitzen konnte. Währenddessen kam der Diener und sagte, er müßte reinemachen, da schloß Kasperle auf, schrie aber, er müßte erst wieder ins Bett hinein. Und als der Diener hereinkam, lag Kasperle wieder im Bett und verdrehte die Augen so schrecklich, daß der Mann dachte, er wäre wirklich dabei, zu sterben.

„Sterben Sie nicht, Herr von Pfannkuchen!" sagte er gutmütig.

Und weil Kasperle nur weiter die Augen verdrehte, begann er ein Gespräch, denn er dachte, man muß dem armen Herrn was erzählen.

„Woher kommen Sie denn, Herr von Pfannkuchen?"

„Aus Lugano!“ rief Kasperle mit einer so betrübten Stimme, daß der Diener dachte, er hat vielleicht Heimweh.

„Von dort kommt noch ein Fahrgast,“ erzählte er, „Mister Stopps kommt in Neapel aufs Schiff. – Mein Himmel, Herr von Pfannkuchen, was fehlt Ihnen?“

„Gleich stirbse ich.“

Da lief der Diener erschrocken aus der Kabine und holte den Kapitän. Kasperle hatte sich gerade entschlossen, lieber zuzusperren, statt zu sterben, als der Kapitän schon in der Kabine stand.

Dem Kasperle wurde es übel vor Angst. Was kam nun?

„Sie sagen, Sie wären der Herr von Pfannkuchen,“ redete ihn der Kapitän streng an. „Wo ist Ihr Paß?“

Kasperle machte ein so erzdummes Gesicht zu dieser Frage, daß der Kapitän lachen mußte. „Hören Sie einmal, mein Herr, Ihnen habe ich es gleich an der Nasenspitze angesehen, daß bei Ihnen etwas nicht stimmt.“

Erschrocken wischte sich Kasperle seine Nase ab. „Da steht doch nicht, daß ich Kasperle bin,“ brummte er.

„Also das Kasperle bist du? Ei, ei!“

„Woher wollen Sie denn das wissen?“ schrie Kasperle.

„Potz Wetter, bist du ein Dummkopf!“ Der Kapitän lachte, dann aber sagte er ernst: „Da ich es nun doch von deiner Nasenspitze abgelesen habe, so erzähle mir mal, was willst du auf dem Schiff? Warum bist du ausgerissen?“

„Wissen Sie das auch,“ stammelte Kasperle, „steht's auch auf meiner Nasenspitze?“

„Ja, da steht's und da steht auch, was du der Prinzessin Gundolfine für Streiche gespielt hast.“

„Hach, ich stirbse!“

Kasperle dachte, er käme damit wieder durch, er kam aber bei dem Kapitän schlecht an. Der packte ihn einfach, setzte ihn aufrecht hin und gebot: „Mach keine Dummheiten, erzähle mal alles!"

Und Kasperle erzählte.

Wunderbar, dem Kapitän gegenüber gelang ihm keine kleine Schwindelei, der merkte alles, also blieb dem Kasperle nichts anderes übrig, als die Wahrheit zu sagen.

Ja, wunderbar!

Dem Kapitän redete sich das unnütze Kasperle recht ins Herz hinein. Es ging ihm wie allen Menschen, er konnte dem Schelm nicht böse sein.

„Armes Kasperle!" sagte er, als Kasperle alles erzählt hatte. „Was machen wir nun? Mister Stopps kommt in Neapel an Bord."

„Ich stirbse."

„Ih wo, das tue lieber nicht. Lebe und sei vergnügt!"

Das war ja nun auch mehr nach Kasperles Geschmack.

„Wir müssen eben sehen, wie es geht," sagte der Kapitän. „Nun komm, steh' auf und sage Marlenchen guten Tag!"

„Ich kann doch nicht."

„Warum denn nicht?"

„Sie ist doch da."

„Ach so, die Prinzessin Gundolfine. Weißt du was, Kasperle, mir fällt etwas ein. Ich gebe dir eine andere Kabine, da können dich Marlenchen und alle deine Freunde besuchen. Und du bleibst verborgen, bis wir aus Neapel 'raus sind, dann muß Mister Stopps mitfahren, und du hast deine Ferien. Nachher kannst du wieder nach Lugano zurückgehen."

Von Lugano mochte Kasperle nichts hören, sonst war er heilfroh über den Plan. Er hoppste vor Vergnügen hin und her und der gute Kapitän hatte seinen Spaß an Kasperle. Er lachte herzlich über die Gesichter, die

Kasperle schnitt, und als er ein Gesicht wie die Prinzessin Gundolfine machte, wäre der Kapitän beinahe geplatzt.

Er platzte aber zu Kasperles Glück nicht, sondern brachte den Schelm selbst in eine andere Kabine. Auf dem Wege dahin sagte er: „Nun sieh dich vor, verstecke dich, wenn wir der Prinzessin begegnen."

Doch da war sie schon! Sie kam die Treppe herab, schwebte sehr eingebildet und hochnäsig daher und dachte gerade, ich gehe aber zierlich, als sie – kladderadatsch – hinfiel, so lang sie war.

Das gab einen Lärm!

„Ein Bein, ich bin über ein Bein gefallen. Es hat jemand ein Bein vorgestreckt."

O Kasperle, dachte der Kapitän, was bist du für ein Strick!

Wo war nur Kasperle?

„Es ist etwas über die Prinzessin hinweggekollert, ich habe es gesehen," rief die Hofdame.

„Eine Ratte."

„Nein, es war viel größer. Es kann ein Tiger gewesen sein."

„Warum nicht ein Krokodil?" brummte der Kapitän.

„Ein Krokodil, oh, ich bin über ein Krokodil gefallen!"

„Gut, daß Ihnen das nicht den Kopf abgebissen hat."

Da riß die Prinzessin aus und erzählte jedem, der es hören wollte, auch denen, die es nicht hören wollten, ein Krokodil habe sie angefallen.

„Warum nicht gar," sagte Herr Severin, der die Geschichte auch zu hören bekam.

Doch die Prinzessin erzählte soviel Spukgeschichten, von der Ratte, die durch die Luft geflogen war, von dem schnarchenden Nachbarn, daß Marlenchen an Kasperle denken mußte. Da sagte die Prinzessin gerade: „Man könnte fast meinen, das Kasperle wäre auf dem Schiff."

Marlenchen wurde rot vor Schreck, aber da kam gerade der Kapitän, und die Prinzessin bemerkte das Rotwerden nicht. Der Kapitän sagte, er hätte den Herrn von Pfannkuchen in eine andere Kabine gebracht, der arme Herr sei schrecklich krank.

„Dann will ich ihn besuchen, Kranke muß man trösten,“ rief die Prinzessin.

„Bewahre, das leidet der Herr von Pfannkuchen nicht. Aber Marlenchen soll mit mir kommen, ich will ihr Muscheln zeigen.“

„Ich will auch mitkommen.“

„Bewahre, Frau Prinzessin, das ist nur etwas für Kinder.“

Da war die Prinzessin schlechter Laune, und das war immer schlimm. Wie schlimm es war, ahnte der Kapitän gar nicht.

Marlenchen ging gern mit, Muscheln zu sehen. Und das Prinzlein durfte auch mit. Ja, als sie unterwegs Michele und Rosemarie trafen, sagte der Kapitän nicht, „Muscheln sind nur für Kinder,“ er fragte ganz freundlich, ob sie auch mitkommen wollten, eine ganz große, sehr seltene Muschel anzuschauen.

Die beiden gingen gern mit und Marlenchen sagte: „Nun fehlt nur noch Frau Liebetraut und Herr Severin.“

„Dann hole sie nur, damit ich auch ihnen die Muschel zeigen kann.“

Der Kapitän lachte und blieb vor einer kleinen Türe stehen, bis Frau Liebetraut und Herr Severin kamen, dann öffnete er die Türe und sagte: „Bitte, nur hereinspaziert, hier ist etwas ganz Seltenes zu sehen. Marlenchen aber darf nicht schreien.“

Das gestörte Wiedersehen

Marlenchen aber schrie laut vor Freude, denn in der kleinen Kabine saß Kasperle.

Und Kasperle hatte gerade vor Langeweile seine beiden Füße in den Mund gesteckt, als sich die Tür auftat und alle seine Freunde eintraten. Da wollte Kasperle die Füße aus dem Mund nehmen, doch das ging nicht so fix, er verlor das Gleichgewicht und rollte wie eine Kugel vom Bett herab, an Marlenchen vorbei der Türe zu, da flog diese auf und – – draußen stand die Prinzessin Gundolfine.

„Platz da, das Krokodil kommt!“ schrie der Kapitän rasch entschlossen.

Jemine, konnte die Prinzessin rennen!

Sie verschwand so blitzschnell im dunklen Schiffsgang, als wäre sie ein Kasperle, und Marlenchen rief: „Sie war es gar nicht.“

„Doch sie war es,“ sagte der Kapitän, „sie hat horchen wollen. Kasperle nimm dich in acht.“

Ja, wo war Kasperle?

Wieder einmal verschwunden. Der Kapitän rief zuletzt ganz zornig: „Herr von Pfannkuchen, wo sind Sie?“

Keine Antwort.

Erst lachten alle, dann, als Kasperle gar nicht zum Vorschein kam, wurden sie ängstlich und begannen eifrig zu suchen und lauter zu rufen. Ein paar Matrosen kamen zur Hilfe und zuletzt rief es auf dem Schiff an allen Ecken und Enden: „Kasperle, wo bist du?“

„Den hat die Prinzessin gefangen,“ sagte Marlenchen endlich. Die sanfte Kleine weinte bitterlich um ihren verschwundenen Freund. „Nicht mal richtig guten Tag haben wir uns gesagt,“ klagte sie.

Die Prinzessin, das konnte stimmen! Der Kapitän sah ganz nachdenklich drein. Er ging selbst, die Prinzessin zu befragen. Aber die wollte nicht aufmachen. Der Kapitän rief: „Ich bin's, einem Kapitän macht man auf!“

„Aber ich nicht, ich bin eine Prinzessin.“

„Sie müssen aber doch aufmachen.“

„Nein, ich muß nicht."

„Doch. Sonst hole ich einen Schlüssel und schließe selbst auf."

„Das geht nicht, ich habe zugeriegelt."

„Sie hat ihn," klagte Marlenchen. Und sie rief an der Türe: „Kasperle, mein Kasperle, wo bist du, bist du bei der bösen Prinzessin?"

Klapp, flog die Türe auf und die Prinzessin stand zornig da: „Was soll das heißen, wo ist Kasperle?"

Sie hatte ihn wirklich nicht.

Sie sagte aber: „Wenn ich ihn finde, werfe ich ihn ins Meer."

Zutrauen tat ihr das Marlenchen, und sie hatte eine schreckliche Angst um ihr Kasperle.

Aber die Stunden liefen dahin wie Schulkinder, wenn die Schule aus ist. Eine vorbei, noch eine. Kein Kasperle war zu sehen!

„Kasperle, Kasperle, Kasperle!"

Nirgends war der Kleine zu erblicken!

Die Essenszeit kam und der dicke Koch hörte auch von dem verschwundenen Kasperle.

„Steckt's vielleicht in deiner Speisekammer? Laß mich nachsehen!" sagte ein Matrose.

„Da steckt's nicht. Immer soll alles in meiner Speisekammer stecken, und dann wollen immer einige nachsehen und dabei rutscht ihnen wohl ein Würstlein in die Tasche. So etwas gibt es nicht!"

Der diensteifrige Matrose lief davon, und der Koch kümmerte sich nicht weiter um das Kasperle. Er richtete an, die Speisen wurden in den Speisesaal getragen und sollten gegessen werden. Wer aber nicht aß vor Kummer und Herzeleid, das waren Marlenchen und das Prinzlein. Denen tropften die bittersalzigen Tränen in die Suppe, denn immer mehr wurde es ihnen zur Gewißheit, daß das Kasperle in das Wasser gefallen war, und sicher hatte es ein Haifisch verschluckt.

Marlenchen glaubte das ganz gewiß. Das Prinzlein aber dachte immer an den Streich, den ihm die Prinzessin einmal gespielt hatte, als sie ihn statt Kasperle geraubt hatte. Es war ein Wunder, daß sich die Prinzessin nicht verschluckte, so bitterböse Blicke warf ihr das Prinzlein zu.

Endlich merkte sie es doch und sie rief entrüstet: „Ihr mit eurem dummen Kasper! Hoffentlich liegt er im Meer."

„Da liegt er gewiß nicht," sagte der Kapitän, „ich bin sicher, daß er irgendwo im Schiffe liegt und sich nicht hervortraut. Wir müssen ihn nochmals suchen. Auf, wir suchen alle!" Nur die Prinzessin rief böse: „Ich nicht, ich gehe und sehe mir die Küche an, das gefällt mir besser, als so einen dummen Kasper zu suchen." Sie dachte dabei, vielleicht hat der Koch gerade Kuchen gebacken und ich kann noch was schlecken.

Als sie aber in die Küche kam, stand der Koch in der Mitte und sah käseweiß aus, so, als hätte er selbst zuviel gegessen.

„Was ist denn geschehen?"

„Ein Gespenst!" stammelte der Koch.

„Ha, das wird Kasperle sein! Wo ist es denn?"

„'n Kasper ist es nicht, es knurrt wie'n Hund. Da drinnen ist es."

„Es wird doch Kasperle sein!" Die Prinzessin machte ein wenig die Türe auf. Inmitten einer Kammer, die mit großen Säcken angefüllt war, stand eine weiße Gestalt, die entsetzlich böse knurrte. Aber ein Hund war es nicht. Was es aber war, konnte die Prinzessin nicht erkennen, darum machte sie die Tür ein bißchen weiter auf, um genauer zu sehen.

Doch das Ding drinnen rührte sich noch nicht. Es stand ganz steif da und die Prinzessin wurde mutiger, machte ganz weit auf, da – hopplahopp, schoß das Ding über sie hinweg.

Es war doch Kasperle.

Weiß sah er aus und seine Weißheit war Mehl, denn als er über die Prinzessin und den dicken Koch hinwegpurzelbaumte, wurden die beiden ganz eingestäubt. Dem Koch schadete das weiter nichts, aber die

Prinzessin sah aus wie ein Müllerknecht und sie war herzlich böse darüber. Sie rannte gleich, das Kasperle zu verklagen, und sie fand es, wie es alle seine guten Freunde umarmte, wobei alle ganz weiß wurden.

„Das ist mal wieder ein richtiger Kasperlesspektakel!" rief die Prinzessin. „Nun geht der Teufel wieder los. Und wie er knurrt!"

„Ist doch mein Magen und ich bin kein Teufel." Kasperle schnitt der Prinzessin ein schlimmes Gesicht und die schrie: „Jetzt weiß ich, wer das Gespenst auf Himmelhoch war: Kasperle."

Marlenchen rief weinerlich: „Immer soll mein armes Kasperle alles gewesen sein. Sag' doch, wo hast du denn gesteckt?"

„In der Mehlkammer, die Prinzessin Gundolfine hat die Klappe aufgemacht, durch die ich reingefallen bin."

„Das ist frech!" Die Prinzessin war beinahe sprachlos über Kasperles Rede. Und dann kam es heraus, er hatte doch recht. Dort, wo die Prinzessin gestanden hatte, war eine Klappe. Die hatte sie bei ihrer eiligen Flucht mit ihrem langen Schleppkleid aufgerissen und Kasperle war durch die Öffnung gerade in einen Mehlsack gefallen, und es hatte sehr lange gedauert, ehe er da wieder herausgefunden hatte.

„Wenn die Prinzessin nicht hätte naschen wollen –"

„Aber Kasperle!"

„– Das tut sie doch – dann steckte ich noch drin."

„Im Sack?"

„Nein, in der Kammer."

„Das wäre am besten, du machst doch nur Dummheiten," rief die Prinzessin.

Aber Kasperle erklärte, er mache nun überhaupt keine Streichlein mehr, nun er Marlenchen hätte, wäre alles gut.

„Wer's glaubt! Heute abend fällt mir dieser entsetzliche Kasper sicher in die Suppe!" rief die Prinzessin.

Wer aber dem Kasperle in die Suppe fiel, das war die Prinzessin.

Das kam so: Die Prinzessin hüpfte immer, weil sie das für anmutig und zierlich hielt. Sie hüpfte auch in den Speisesaal, und gerade da machte das Schiff – hupps, und die Prinzessin lag mit der Nase in Kasperles Suppe.

Erhob der ein Geschrei!

Ganz fürchterlich war das. Die Prinzessin hatte nicht schlimmer bei Kasperles Streichen geschrien. Endlich beruhigte sich Kasperle wieder und die Prinzessin setzte sich etwas kleinlaut zu Tisch.

Und was mußte sie da hören!

Kasperle hin, Kasperle her, Kasperle ohne Ende.

War das ein Getue und Gehabe mit Kasperle!

Marlenchen war ganz auseinander vor Freude und das Prinzlein sagte immer: „Mein bester Freund!“

Es war zu toll. Die Prinzessin ärgerte sich grün und gelb. Und wie unnütz das Kasperle dreinsah!

Seine Äuglein glänzten nur so. Daß es reine Herzensfreude war, wollte die Prinzessin nicht sehen.

Die sah nur Ungezogenheit, und als der Pudding kommen sollte, sagte sie: „Jetzt wird Kasperle wieder schlingen.“

Kasperle dachte, auf Himmelhoch hat sie den meisten Pudding gegessen.

Kasperle dachte es nur, es war aber komisch, er sagte es auf einmal ganz laut, und alle riefen erschrocken: „Aber Kasperle!“

„Ja, so war's doch,“ brummte Kasperle verlegen.

„Ich nehme nie einen ganzen Pudding,“ sagte die Prinzessin streng.

„Ich auch nur, wenn Mister Stopps ihn nicht mag.“ Kasperle war ganz unnütz. Auf einmal schrie er mit gellender Stimme: „Da kommt er!“

„Wer, Mister Stopps?“ riefen alle.

„Nä, der Pudding."

Da kam er und – hupps! machte das Schiff und – klatsch! lag der Pudding der Prinzessin auf dem Schoß.

„Sie hat ihn genommen, sie hat den ganzen Pudding genommen!" schrie Kasperle wie ein wirkliches Teufele, und die Prinzessin wußte vor Schreck nichts zu sagen.

„Sei doch still, Kasperle!" mahnte Frau Liebetraut.

„Sie hat ihn genommen."

„Nein, doch!"

„Sie hat ihn genommen."

„Stille!"

„Sie hat ihn genommen."

Es war mit Kasperle nichts anzufangen. Er blieb dabei, die Prinzessin habe den ganzen Pudding essen wollen. Die Dame mußte sich beinahe verteidigen, und vor lauter Ärger aß sie kein kleines bißchen von dem Pudding.

Sie ist neidisch, weil sie nicht den ganzen gekriegt hat. Kasperle dachte es wieder nur, aber wieder hörten es alle, und die Prinzessin sagte gekränkt: „Ich geh' schlafen."

„Und ich schieße einen Purzelbaum vor Freude," wollte Kasperle nur denken. Aber wieder rutschte ihm die Stimme aus, und die Prinzessin drehte sich wütend um: „Ich nicht, du böser Kasper! Purzelbaumen ist ganz und gar unschicklich und –"

Hupp – machte das Schiff, hupp – machte die Prinzessin, und da lag sie auf dem Fußboden.

„Sie hat einen Purzelbaum geschossen," schrie Kasperle, „fein war das, arg fein."

„Aber Kasperle!"

„Doch, sie hat einen geschossen, ich hab's gesehen."

Das war der Prinzessin erschrecklich genierlich, weil doch eine Dame, noch dazu eine Prinzessin, keinen Purzelbaum schießt. Sie sagte daher ganz kleinlaut und verlegen: „Glauben Sie dem Kasper nicht, Herr Kapitän, ich –“

Hupp – machte das Schiff wieder.

Und hupp – purzelte die Prinzessin um und um.

„Sie hat wieder einen geschossen, ich hab's gesehen. Ich hab's gesehen.“

Kasperle tanzte vor Vergnügen im Saal hin und her.

„Aber Kasperle!“

Hupp – machte wieder das Schiff und platsch – lag nun das Kasperle auf der Nase.

Und was tat das schlimme Kasperle? Es sprang auf und schrie: „Ich hab's der Prinzessin nur nachgemacht.“

Es war der Prinzessin nicht zu verdenken, daß sie nun wirklich in ihr Bett gehen wollte. Als sie schon an der Türe war, rief Kasperle: „Sie fällt in die Mehlkammer.“

„Sie fällt nicht, es steht ein Faß auf der Luke.“

Sie fiel aber doch. Kasperle behielt recht. Es erhob sich auf einmal ein Zetergeschrei, denn die Prinzessin war in die Mehlkammer gefallen.

Du lieber Himmel!

Alle Matrosen liefen zusammen.

„Steht denn kein Faß da?“ rief der Kapitän zornig.

„Das steht schon da, aber die Luke ist wo anders,“ antwortete der zweite Steuermann.

„Und die Prinzessin, ist sie tot?“

„Nä, die steckt in dem Mehlsack, in dem vorhin Kasperle gesteckt hat.“

Das war schon eine böse Sache.

Die Prinzessin hatte den Mund voll Mehl und konnte kein Wort sagen, als sie aus der Mehlkammer herauskam. Und da stand Kasperle und schrie: „Hurra!“

Aber da gab's eines auf den Mund, denn ihre Hände hatte die Prinzessin noch frei.

„Mir ist nur meine Stimme ausgeglitscht,“ klagte Kasperle.

„Sei still, Kasperle, ich habe ein Stöckchen, das glitscht auch manchmal aus und trifft dann leicht ein Hosenbödle,“ sagte der Kapitän.

Und die Mahnung war gut, denn das Kasperle war schon zu übermütig vor Freude, alle seine Freunde um sich zu haben. Es war gut, daß es nicht mehr neben der Prinzessin wohnte, sonst hätte die sich noch mehr geärgert, denn Kasperle purzelbaumte ins Bett und schrie immer: „So macht's die Prinzessin Gundolfine, so macht sie es.“

Das dauerte lange, bis Kasperle zur Ruhe kam, dann aber schlief er die ganze Nacht wie ein Mehlsäcklein und war am nächsten Morgen, trotzdem er kein Streichlein mehr machen wollte, zu allen dummen Streichen aufgelegt.

Die unterbrochene Geschichte

Ein wundervoller Morgen war es, an dem Kasperle auf dem Schiff erwachte. Ringsum das Meer, nur fern ein dunkelblauer Streifen, die Küste von Italien. „Da ungefähr liegt Rom,“ sagte der Kapitän, als Kasperle ihm „Guten Morgen“ sagte.

Was bedeutete Kasperle Rom!

Er machte einen Hopps, saß dem Kapitän auf den Knien und sagte: „In Rom sind Angela und Florizel.“

„Wer ist das?“

„Meine Freunde.“

„Mir scheint, Kasperle, du hast viele Freunde.“ Kasperle nickte, auf einmal sah er ganz traurig drein. „Aber Mister Stopps ist nicht mein Freund.“

„Ich denke doch. Er hat dich lieb.“

„Nä, er lacht nur über mich.“

„Er kommt aber dich holen.“

„Ich geh nicht mit.“

„Doch, du mußt, Kasperle.“

„Nä, ich geh nicht! Er kann die Prinzessin nehmen, die ist auch wie'n Kasper. Sie macht doch Purzelbäume.“

„Aber Kasperle!“

An der Türe stand die Prinzessin und sah bitterböse drein. „Ich schlage keine Purzelbäume.“

„Doch, ich hab's gesehen.“

Und Kasperle blieb dabei, so sehr sich die Prinzessin ärgerte, und selbst der Kapitän dachte, es wäre schon gut, wenn Mister Stopps das Kasperle holte, es machte doch gar zu viele Dummheiten.

Und gerade da sagte Kasperle zu Marlenchen: „Ich mache nun keine Streichlein mehr, weil du da bist.“

„Na, Kasperle!“

„Ganz gewiß.“

„Fall nur nicht ins Meer! Turn' da nicht so am Geländer herum, du fällst!“

„Ich falle nicht.“

„Er fällt,“ rief die Prinzessin Gundolfine, und weg war Kasperle.

Diesmal war Kasperle nicht in etwas gefallen, sondern er hing ganz fest am Bordrand, hatte sich nur versteckt, um Marlenchen ein bißchen zu necken. Die Kleine war ganz blaß geworden, und ein alter Matrose, der dabei stand, brachte das Kasperle wieder zum Vorschein. Er beutelte es tüchtig und sagte: „Wart', du Schelm, wenn wir deiner Insel nahe kommen, werfe ich dich ins Wasser."

„Das wäre recht," sagte die Prinzessin, „aber das mit der Insel ist nur ein Märchen, das sich Kasperle ausgedacht hat."

„Ist kein Märchen," schrie Kasperle erbost und –

Es ist kaum zu sagen, was er tat! Die Prinzessin sagte, er hätte ihr die Zunge rausgestreckt.

Das wollte Marlenchen nicht glauben und sie bat: „Sag', Kasperle, du hast es nicht getan, nicht wahr, so etwas tust du nicht?"

Da senkte Kasperle die Nase und sah ganz aus wie ein kleiner Missetäter.

Oh, es war schlimm.

Und am schlimmsten war, daß Marlenchen gleich so entsetzlich traurig aussah, als wollte sie weinen.

Kasperle wurde es ganz wind und weh zumute, er vergaß darüber beinahe seine Insel, aber nur beinahe. Aus Heimweh und Herzeleid über Marlenchens Traurigkeit fing er so bitterlich an zu weinen, daß er selbst der Prinzessin ein bißchen leid tat. Aber eben nur ein bißchen.

„Warum weinst du denn so? Wenn dir das Zungenausstrecken so leid ist, dann tu es doch nicht wieder!" brummte der Matrose.

„Das ist mir nicht leid," rief Kasperle schnell. „Nur – nur – Marlenchen soll nicht so traurig sein."

„Ich werde wieder froh, wenn du artig bist."

„Na, also!" Der Matrose wollte gehen, da fiel Kasperle die Insel ein, und er schrie so laut, daß die Prinzessin beinahe wieder einen Purzelbaum schoß: „Wo ist denn meine Insel?"

„Im Meer."

„Aber wo denn da?"

„Die gibt's ja gar nicht, das ist ein Märchen," redete die Prinzessin dazwischen.

Aber der alte Matrose schüttelte mit dem Kopf. „Ein Märchen ist's nicht. Die Insel gibt es schon."

„Wo liegt sie?"

„Weit weit von hier im Ozean."

„Kommen wir dran vorbei?"

„Davor behüte uns der Himmel. Es ist eine Koralleninsel, von der noch selten jemand lebendig weggekommen ist."

„Erzählen, erzählen von der Insel," bettelten Marlenchen und Kasperle.

Selbst die Prinzessin sagte gnädig zu dem Matrosen: „Erzählen Sie doch, was Sie wissen."

„Viel ist's eben nicht. Eine Insel liegt im Atlantischen Ozean, auf der es wunderliche Leute geben soll. Aber da die Insel ganz und gar mit Korallenriffen umgeben ist, hat noch nie ein Schiff dort anlegen können. Aber schön soll's dort sein, wunderschön."

„Ja," sagte Kasperle selbstvergessen.

„Ich denke, du kennst die Insel nicht," fuhr ihn die Prinzessin an.

„Ich war mal dort, aber das ist ewig lange her." Kasperle sah ganz versonnen drein.

„Das kann schon stimmen, wenn's ein echtes Kasperle ist!" meinte der Matrose.

„Aber sagen Sie doch, Mann, wie sieht es auf der Insel aus?"

„Ich war noch nicht dort," brummte der Matrose unwirsch. Dann fiel ihm ein, die Fragerin sei eine Prinzessin, und er sagte höflicher: „Der alte Matrose, der mir vor dreißig Jahren die Geschichte erzählt hat, hatte einen Großonkel, dessen Schwager dort gewesen ist. Der hat ja nun reine Wunderdinge erzählt, alles ist kunterbunt."

„Ja," Kasperle nickte wieder ganz versonnen.

„Die Blumen, die Bäume und die Häuser. Auf den Wegen liegen rote, blaue, grüne und gelbe Steine und die Vögel sehen alle aus wie unsre Papageien. Der König, sie haben nämlich einen Kasperlekönig, hat alle Farben in seinem Kleid, die es nur gibt. Blumen gibt es überall. Jedes Dach ist ein großes Blumenbeet und kein Fenster gibt es in einem Haus, an dem nicht ein Blumenbrett wäre. So kommt es, daß die ganze Kasperlestadt einem riesengroßen Blumengarten gleicht und über ihr ein Duft liegt, der unbeschreiblich süß ist. So mögen die Rosen von Schiras duften."

„Fein!" rief Marlenchen.

„Ist ja nicht wahr," sagte die Prinzessin.

„Ist doch wahr!" Der alte Matrose ärgerte sich über den Widerspruch der Prinzessin, er wußte es doch von seinem alten Freund, der wußte es von seinem Großonkel und der von seinem Schwager, also mußte es doch wahr sein.

„Weiter," drängte Marlenchen. Kasperle machte seine Augen so groß er konnte und sah drein, als sähe er einen Weihnachtsbaum.

„Was soll da weiter zu erzählen sein?" Die Prinzessin fand die Geschichte sehr langweilig, Kasperle aber fand die Prinzessin gräßlich und ihm fiel was ein. Was Gescheites nicht gerade. Er schrie plötzlich: „Hach, da kommt das Krokodil!"

Nun war die Prinzessin ohnehin eine etwas schreckhafte Dame, und Kasperle schrie auch so gewaltig und machte dazu so ein ängstliches Gesicht, daß die Prinzessin wirklich heftig erschrak. Bums, fiel sie um und war ohnmächtig.

Nein, erschrak aber Kasperle! Er wäre am liebsten auch in Ohnmacht gefallen, doch so etwas gelingt einem Kasperle schlecht. Daher fing er nur mörderisch zu schreien an, und alle Leute, die auf dem Schiff waren, kamen angerannt.

Und gerade wollte der alte Matrose die Prinzessin auf den Kopf stellen. Dies sei gut bei Ohnmachten, behauptete er.

Frau Liebetraut und die schöne Rosemarie aber sagten, das täte man nicht, und Kasperle war darüber ordentlich betrübt, er hätte es so schön gefunden, wenn die Prinzessin auf dem Kopf gestanden hätte.

Aber dann wurde Kasperle sehr verlegen. Der Kapitän wollte nämlich wissen, was geschehen war, und da mußte Kasperle doch die Wahrheit sagen. Der Kapitän sagte nur: „Kasperle!"

Da kroch Kasperle gleich unter eine Bank vor Schreck.

Nun erzählte Marlenchen, warum Kasperle so böse geworden war, und der Kapitän schüttelte den Kopf und sagte zu dem alten Matrosen, er könnte auch was besseres tun, als Märchen erzählen.

„Ist kein Märchen," schrie Kasperle unter der Bank.

„Larifari, ist doch ein Märchen!"

„Nicht wahr, es ist ein Märchen?" rief die Prinzessin, die wieder aufgewacht war.

„Nä," Kasperle strampelte vor Wut und in seinem Ärger sagte er: „Sie hat beinahe auf dem Kopf gestanden."

„Ich?" Die Prinzessin war sprachlos, und da erzählte Kasperle auch noch geschwinde, was geschehen war.

Das Kasperle war schon ein rechter Schlingel.

Jetzt konnte selbst Marlenchen der Prinzessin nicht verdenken, daß sie böse war.

Und wie böse war sie!

Ei, du lieber Himmel!

Alle rissen aus. Am allerersten Kasperle.

Wutsch, war er weg.

Aber diesmal sorgte sich niemand um ihn und doch war er wieder nirgends zu finden. Die Prinzessin sagte, sie würde ihn in die Mehlkammer werfen, aber bloß muß man dazu jemand haben.

Und niemand fand Kasperle.

Marlenchen und das Prinzlein suchten das ganze Schiff ab; nirgends fanden sie Kasperle. Der Kapitän brummte: „Er findet sich schon.“ Das sagten auch alle andern.

Zuletzt kam auch der alte Matrose, dem Marlenchen leid tat, und zeigte in die Höhe. Da oben im Mastkorb, wer saß da und grinste? – Kasperle.

„Heio, heio,“ schrie er, „die Prinzessin soll raufkommen und mich fangen.“

Daran dachte die nun nicht.

Die lag im Bett und erholte sich von ihrer Ohnmacht.

Als Kasperle das hörte, stieg er wieder herunter und sagte zu dem alten Matrosen: „Nu erzähl' weiter von meiner Insel!“

Aber Piet, so hieß der alte Matrose, wollte nicht. Die drei Freunde mochten noch so viel zureden, er sagte: „Wenn meine Geschichten als Märchen gelten, denn man zu, dann erzähle ich nicht!“

„Wir glauben es aber doch!“

„Ja, ja, das weiß ich noch nicht.“

„Doch, wir glauben es!“

„Na, dann morgen, heute ist's zu spät.“

Am nächsten Morgen hatte Piet so viel zu tun, und die drei Freunde konnten seiner nicht habhaft werden; erst als das Schiff schon Neapel ganz nahe war, konnte Piet wieder erzählen. „Also auf der Kasperle-Insel,“ hub er an, da ertönte ein großes Geschrei: „Neapel, Neapel!“

„Ja, nun geht das nicht, nachher,“ sagte Piet.

„Ach, nachher!“ Kasperle maulte, er lief aber doch mit, um die Einfahrt in den Hafen von Neapel anzusehen. Von der Kasperle-Insel würde er schon hören.

Was in Neapel geschieht

Das Schiff Miramare fuhr in den Hafen von Neapel ein.

War das ein Lärm und Getöse. Viel, viel schlimmer als in Genua.

Kasperle riß Mund und Nase auf. Eine Unzahl kleiner Boote ruderte an die Miramare heran, und jeder Bootsführer wollte den andern überschreien, und jeder hatte etwas anderes zu verkaufen. Tücher und Feigen, Orangen und Schildpattkämme, Rosinen und Korallenketten, kleine Heiligenbilder, Gemmen, ausgegrabene Tanagrafiguren, weiße Brote, Kuchen, gebackene Fische, alles war zu haben.

Und Kasperle fand das so lustig, daß er laut lachte.

Ein vielstimmiges Echo erhob sich. Aus allen Booten zeigten sie mit den Fingern nach ihm, und alle schrien, der kleine, komische Mann solle nach Neapel kommen.

Ein Mann mit schönen Korallenketten kletterte wie eine Katze am Schiff empor, hielt Kasperle eine Kette vor die Nase und fragte: „Bitte, kaufen?“

„Ja,“ rief Kasperle und langte sein Säcklein aus der Tasche, er dachte, die Kette schenke ich Marlenchen.

Da sagte gerade die Prinzessin: „Sieh doch, Marlenchen, der lange, komische Herr winkt immerzu.“

Der lange, komische Herr aber war – Mister Stopps.

Kasperle erschrak so, daß er die Kette und Marlenchen im Stich ließ und ausriß.

„Aber Kasperle.“

Da war er schon weg.

„Der kommt schon wieder,“ sagte die Prinzessin.

„Sieh nur, jetzt kommt der komische Herr auf das Schiff.“

Marlenchen schwieg. Sie hätte ja sagen können, „das ist Mister Stopps,“ sie sagte es aber nicht.

Und Mister Stopps kam auf das Schiff, ging schnurstracks auf die Prinzessin Gundolfine zu und fragte: „Uo sein Kahspärle?“

Nun hätte er die Prinzessin nicht mehr ärgern können, wenn er sie nach des Teufels Großmutter gefragt hätte. Sie sagte böse: „Ich bin doch nicht Kasperles Kindermädchen! Was fällt Ihnen ein, mich zu fragen? Ich bin eine Prinzessin.“

„Oh, das freuen mich. Sie sein etuas Merkuürdiges und ich liebe sehr uas Merkuürdiges.“

„Aber ich nicht.“ Die Prinzessin war bitterböse und sie machte das Gesicht, das Kasperle von ihr gelernt hatte.

„Oh!“ schrie Mister Stopps entzückt. „Sie sehen aus, uie mein Kahspärle.“

„Gehen Sie zum Teufel mit ihrem Kasperle!“

Teufel hatte Mister Stopps nicht verstanden, darum sagte er sehr höflich: „Uenn Sie mich uerden führen, ich uerde gehen.“

„Mein Herr, Sie sind frech!“

„Oh, Sie schreien uie Kahspärle!“

„Sie sind selbst ein altes Kasperle.“

Weil die Prinzessin so schrie, verstand Mister Stopps, sie wäre selbst ein Kasperle.

„Oh,“ er verneigte sich, „das freuen mich sehr, ein zweites Kahspärle. Ein Kahspärle Frau, sie müssen mein Kahspärle heiraten.“

„Er ist toll!“

„Oh, mein Kahspärle sein nicht toll, ganz und gar nicht toll, sein ein gut Kahspärle, nur manchmal es reißen aus. Doch uo ist er, ich sah ihn doch?“

„Ausgerissen,“ sagte Marlenchen.

„Uo rausgerissen?“

„Vielleicht in den Mastkorb. Wollen sie ihm nicht nachklettern?“ spottete die Prinzessin.

Aber auf dem Mast war Kasperle nicht, er war überhaupt nirgends. Mister Stopps suchte sein Kasperle überall, Herr Severin und Frau Liebetraut, Michele und Rosemarie, alle halfen suchen und fanden ihn doch nicht.

„Er ist uieder ausgereißet,“ rief Mister Stopps.

„Ausgerissen,“ sagte die Prinzessin, die aus Langeweile sich zu Frau Liebetraut gesellt hatte.

„Rausgerissen, uohl, uohl, rausgerissen.“

Die Prinzessin ärgerte sich über das falsche Sprechen von Mister Stopps und sie brummte: „Ausgerissen, rausgerissen, Kasperle hin, Kasperle her, weg ist weg, ist nicht schade um ihn.“

„O doch, sehr schade. Mein Kahspärle hat zwei Millionen gekosten, es sein eine Merkuürdigkeit.“

„Meinetwegen zehn Merkwürdigkeiten!“

Die Prinzessin ging fort, und Mister Stopps sah ihr erstaunt nach. Er hatte verstanden, die Prinzessin hätte zehn Merkwürdigkeiten. Dazu war sie eine Prinzessin.

„Ich uerde Ihnen heiraten,“ sagte er zu Marlenchen.

Aber Marlenchen lief lachend davon und rief: „Ich will nicht.“

Da merkte der gute Mister Stopps, daß man ihn mal wieder falsch verstanden hatte. Er schüttelte nachdenklich den Kopf und redete zu Piet, weil alle anderen fortgelaufen waren: „Ich uerde die Prinzessin doch heiraten.“

„Ich tät's nicht.“ Piet stand auch auf, „ich will mal Kasperle suchen.“

„Yes, ich uill auch Kahspärle suchen.“

Und dann suchten alle Kasperle und fanden ihn nicht.

Der Tag verging, kein Kasperle war zu erblicken. Zuletzt dachte selbst der Kapitän, das arme Kasperle wäre ins Meer gesprungen.

„Vor Angst,“ sagte Marlenchen zu Mister Stopps.

„Vor uas?“

„Weil Sie ihm keine Ferien gegeben haben,“ rief das Prinzlein vorwurfsvoll.

„Oh mein armes Kahspärle, er soll Ferien haben und Pudding alle Tage,“ rief Mister Stopps, und weinte in sein großes himmelblaues Taschentuch hinein.

Aber davon kam Kasperle nicht wieder.

Eine Nacht kam und verging. Am anderen Morgen suchten wieder alle alles durch. Der Koch antwortete zehnmal, in die Mehlkammer wäre nichts gefallen.

„Aber in die Speisekammer, darin krabbelt es so.“

„Das ist der verflixte Küchenjunge. Na, ich werd' ihn!“

Der Sucher, das Prinzlein war es, ging aus der Küche; gleich darauf ertönte ein mörderisches Geschrei und die Matrosen sagten: „Der Koch haut schon wieder den Küchenjungen.“

Aber in Wahrheit saß der Küchenjunge auf dem Schrank und der Koch konnte ihn gar nicht hauen, nannte ihn einen Teufelskerl und drohte ihm. Und der Küchenjunge schrie nur, um dem Koch einen Schreck einzujagen.

„Oh,“ sagte Mister Stopps, „ich meine immer, ich höre Kahspärle schreien.“

„Ich auch,“ sagte die Prinzessin.

Da fing Mister Stopps wieder an zu suchen. Sah in jede Kabine, sah in jeden Schrank, und die Matrosen wurden schon böse über den neugierigen fremden Herrn. Der stocherte im Teerfaß herum, wäre am liebsten selbst auf den Mast geklettert und suchte sogar in den Matrosenschränken nach Kasperle.

Er war nicht zu finden.

Am dritten Tage standen Mister Stopps und Kasperles gute Freunde ganz traurig beisammen und sagten, nun würde Kasperle sicher nicht wiederkommen. Mister Stopps weinte laut in sein großes himmelblaues Tuch, als der dicke Koch daher kam.

Der sah tiefbetrübt aus, so betrübt, daß der Kapitän ihn mitleidig fragte, was denn los sei.

„Der neue Küchenjunge," stöhnte der Koch.

„Der neue Küchenjunge?" fragte der Kapitän erstaunt.

„Ja, er ist ein großer Galgenstrick."

„Woher habt ihr ihn denn?"

„Na, Ihr habt ihn mir doch in Neapel geschickt, Kapitän."

„Ich?"

„Ja, Ihr. Er hat's gesagt."

„Und was macht denn der neue Junge?"

„Er macht nichts wie Dummheiten. Und allemal, wenn jemand kommt, reißt er aus und immer in die Speisekammer. Und vorhin hat er einen ganzen Pudding ge – –"

„Das ist Kasperle," riefen alle wie aus einem Munde.

„Nein, er sagte, er wär's nicht." Der Koch war nicht sehr schlau, und der Kapitän rief lachend ein paar Matrosen herbei und gebot ihnen, den neuen Küchenjungen zu holen.

„Er sitzt in der Speisekammer auf dem Schrank, da sitzt er immer, wenn er Prügel haben soll," klagte der Koch.

„Das ist Kasperle," sagten wieder alle.

„Er sagt doch, er wär's nicht."

Und es war wirklich Kasperle.

Wie ein begossenes Pudelchen sah er aus, als ihn die Matrosen brachten. Das ganze Gesicht klebte voll Obstmus, denn Kasperle war mit seiner Nase in einen Kübel geraten, bei seiner Schlecklust hatte er natürlich tüchtig geschleckt.

„Es ist doch ein heilloser Wicht," sagte der Kapitän.

„Ein Unhold ist's," rief die Prinzessin.

„Oh, Kahspärle, du sein schlimm, sehr schlimm!" Mister Stopps schüttelte den Kopf, alle waren sie über ihn entrüstet, Kasperle sah es wohl und ganz scheu blickte er Marlenchen an.

Was tat Marlenchen?

Marlenchen weinte.

Dicke, dicke Tränen rollten über ihre Backen, und Kasperle sah es mit Entsetzen.

Marlenchen weinte um ihn.

Weinte, weil er so unnütz war.

Das ging dem Kasperle ans Herz.

Er fing auch an zu weinen. Es war aber kein Kasperlesgebrüll wie sonst, wenn er schrie: „Ich stirbse." Ein ganz stilles, leises Weinen war es, und allen, die es hörten, tat auf einmal das Kasperle erschrecklich leid.

Mister Stopps zog wieder sein großes, himmelblaues Taschentuch hervor und weinte, als wäre er in eine Dachtraufe verwandelt, und alle andern fingen auch an zu weinen. Da schrie das Kasperle: „Wenn alle weinen, dann – dann mache ich nie mehr Spaß."

„Das wäre recht gut." Die Prinzessin blinkerte mit den Augen, denn komisch, Kasperles Weinen tat ihr weh.

Mister Stopps aber sagte schluchzend:

„Mein gutes Kahspärle – upp – uenn du nicht aufhören – upp – zu ueinen, ich sterbe."

„Stirbse!“ rief Kasperle und schnitt ein Gesicht, als hätte Mister Stopps ihm Essig gegeben. Da mußten alle lachen, und selbst Marlenchen sagte: „Aber Kasperle, wie falsch du jetzt immer sprichst.“

„Das hab' ich von Mister Stopps gelernt.“

„O no, ich sprechen sehr gut.“ Mister Stopps war sehr gekränkt und sagte: „Du sein doch ein schlimmes Kahspärle. Und ausgereißet bist du auch.“

„Weil du mir keine Ferien gegeben hast.“

„Was braucht so ein Popanz wie du Ferien!“ Die Prinzessin mischte sich auch ins Gespräch, das ärgerte Kasperle gewaltig. Er schrie: „Mister Stopps, sie kann besser Purzelbaum schießen als ich.“

„Aber Kasperle!“

Da war er auf einmal wieder das unnütze Kasperle und beinahe wäre er über die Prinzessin hinweggepurzelbaumt, wenn ihn Marlenchen nicht gehalten hätte.

„Komm mit mir,“ sagte Marlenchen. „Darf er, Mister Stopps?“

„Oh ja, er hat Ferien, solange uir aufs Schiff sind.“

So dumm aber war das Kasperle doch nicht.

Er streckte sich lang aus und rief: „Jetzt will ich keine Ferien. In den Ferien muß ich nach Torburg fahren. Jetzt kaspere ich. Aufgepaßt, jetzt mache ich ein Gesicht wie Mister Stopps, wenn er lügt.“

„Oh, ich luge nie.“ Mister Stopps wußte doch, daß er das Kasperle mit den Briefen aus Torburg angeschwindelt hatte, und als das freche Kasperle sein Gesicht zu verziehen begann, rief er: „Du kannst spielen mit das Marlenchen ohne Ferien.“

So kam Kasperle doch zu seiner freien Zeit auch ohne Ferien. Und es ist nicht zu sagen, wie lustig die guten Freunde zusammen waren. Sie lachten so viel, daß Kasperle sein Bäuchlein weh tat und Marlenchen behauptete, sie hätte sich etwas ausgerenkt. Die Prinzessin hörte das Lachen und ärgerte sich. Sie ärgerte sich, daß Kasperle so vergnügt war und überhaupt da war. Sie ärgerte sich aber auch, daß Mister Stopps sich nicht um sie kümmerte. Der saß und las und ärgerte sich auch. Die Prinzessin hatte ihn nämlich angefahren. Das ließ er sich nicht gefallen. Sonst hätte er sich schon um die Prinzessin gekümmert. Denn eigentlich hätte er es auch ganz gern getan. Aber anfahren ließ er sich nicht. Und so saßen beide und ärgerten sich und Kasperle lachte. Und wenn Kasperle lachte, ärgerten sie sich noch mehr, und darüber verging ihnen die Zeit nicht so kurzweilig und schnell wie den drei guten Freunden.

Wie die Geschichte weitergeht

Das Schiff schwamm still auf dem blauen Meer dahin. Mister Stopps hatte gleich gesagt, eine lange Seereise wäre ihm recht, also konnte Kasperle viele Tage mit seinen guten Freunden zusammen sein. Auch ließ ihm Mister Stopps Freiheit genug, und die drei Kameraden freuten sich schon am Zusammenspielen.

Ja, wenn die Prinzessin nicht gewesen wäre!

Die ärgerte sich einmal wieder tüchtig über das Kasperle. Der kleine Schelm hatte seine liebe Not mit ihr. Sie wollte immer da sitzen, wo die drei Freunde gerade spielen wollten, und an allen Unfällen, die ihr zustießen, sollte immer Kasperle schuld sein. Wenn das Schiff gerade einen Hopser machte und der Braten der Prinzessin auf den Schoß fiel, dann war es Kasperle gewesen. Immer hatte Kasperle alles getan.

Der arme Schelm wurde ganz traurig darüber. Er kasperte Mister Stopps gar nichts mehr vor, machte keine Streichlein, und Mister Stopps verlernte das Lachen wieder, das ihm Kasperle so gut beigebracht hatte.

Die Sache aber war die: die Prinzessin wollte jetzt Mister Stopps heiraten. Aber Mister Stopps wollte nicht. Die Prinzessin aber dachte, er ist reich und einen reichen Mann kann ich gerade gut brauchen. Frau Stopps zu heißen ist ja kein Vergnügen, aber ich bin Prinzessin und bleibe Prinzessin und nenne mich Prinzessin Stopps und damit basta.

Aber Mister Stopps sagte nicht basta, er dachte, „oh no, ich mag sie nicht."

Kasperle, Marlenchen und das Prinzlein saßen mit Piet zusammen, und der sollte nun endlich von der Kasperle-Insel erzählen, als die Prinzessin heranschwebte. „Kasperle, du sollst sogleich zu Mister Stopps kommen," sagte sie.

Es war gar nicht wahr, sie mochte nur die drei nicht zusammensehen. Kasperle war wütend. Piet war wie eine eingerostete Tür mit seiner Erzählung. Ehe er dazu kam, anzufangen, dauerte es schrecklich lange und allemal kam jemand dazwischen, und das nächstemal murrte und knurrte Piet endlos, ehe er wieder anfing, und wer weiß, wer dann kam und wieder störte.

Kasperle war fuchswild, und unnütz rief er: „Es ist ja nicht wahr!"

„Doch, es ist wahr!"

„Du lügst!"

Das ging der Prinzessin über den Spaß. Gerade weil sie gelogen hatte, sollte das niemand sagen. Sie rief zornig: „Also du gehst auf der Stelle und kasperst Mister Stopps etwas vor. Er klagt, er könne nicht mehr lachen."

Das stimmte ja nun, und Kasperle erhob sich seufzend. „Piet, behalte die Geschichte im Munde," sagte er, „damit ich sie nachher hören kann." Und eins – zwei – drei – purzelbaumte Kasperle über die Prinzessin hinweg und kam eher bei Mister Stopps an, als er selbst gedacht hatte.

Mister Stopps hatte schlechte Laune.

Er ärgerte sich über Kasperle, die Prinzessin, über seine Nase, weil er einen Schnupfen hatte, und über sonst etwas. Kasperle bekam ein bitterböses Gesicht zu sehen.

Aber Kasperle war unverzagt. Er rief: „Komm, Mister Stopps, Piet erzählt von meiner Insel."

„Deiner Insel?"

„Ja, der Kasperle-Insel."

Hei, da war Mister Stopps flink auf den Beinen. Das wollte er doch arg gern hören. Also kamen Mister Stopps und Kasperle gerade an, als Piet zur Prinzessin sagte: „Wenn Kasperle nicht zuhört, erzähle ich nicht. Kasperle ist die Hauptperson. Warum haben Sie ihn weggeschickt."

„Mister Stopps hat doch Kasperle gerufen."

Lügen haben kurze Beine. Der Prinzessin ihre Lüge hatte sogar ein Humpelbein. Mister Stopps hörte gerade das letzte Wort und er rief: „Ich habe Kahspärle nicht gerufen."

„Dann hat sie gelogen."

„Aber Kasperle!"

„Ist doch wahr."

Alle sagten es. Es half der Prinzessin nichts, daß sie sagte sie hätte es so verstanden. Mister Stopps wurde erschrecklich böse. Obgleich er auch schon in seinem Leben gelogen hatte, sagte er doch, lügen wäre sehr schlimm, und er schimpfte die Prinzessin aus, als wäre sie ein kleines Schulmädel.

So furchtbar schimpfte Mister Stopps, daß selbst Kasperle Mitleid mit der Prinzessin hatte.

Aber komisch, das Geschimpfe tat der Prinzessin wohl. Sonst hatten alle Leute Angst vor ihr, aber dieser Mister Stopps nicht, und darum gefiel er ihr so gut, daß sie wieder dachte: den möchte ich heiraten.

Aber diesmal dachte sie gar nicht an das viele Geld, das Mister Stopps hatte, sondern nur an ihn selbst, und darüber wurde ihr Gesicht ganz mild und freundlich und Kasperle schrie auf einmal: „Jetzt sieht sie wie gutes Wetter aus."

„Aber Kasperle!" Marlenchen zupfte ihren Liebling, aber die Prinzessin nahm es merkwürdigerweise nicht übel.

Mister Stopps kümmerte sich nicht im geringsten um das Gesicht der Prinzessin, er war fertig mit seiner Strafrede und sagte zu Piet: „So, nun uollen ich von der Kahspärle-Insel hören."

Und Piet erzählte wirklich. Er erzählte, schon oft hätten Seefahrer versucht, auf der Insel einzudringen, doch es wäre keinem gelungen, die Kasperles hätten ein sonderbares Mittel, um die Feinde wehrlos zu machen, sie beschössen sie mit Lachpulver. Das gewönnen sie von der Lachpflanze, davon müßten die Leute so erschrecklich lachen, daß sie gar nichts machen könnten. Welches Schiff auch trotz der Korallenriffe der Insel schon nahe gekommen sei, habe wieder ohne Erfolg abfahren müssen, die Leute seien froh gewesen, vor Lachen wieder auf das Schiff zu kommen.

„Oh, das müssen schön sein," rief Mister Stopps, „ich uill hin, da kann ich mir auslachen."

„Sie haben ja Ihr Kasperle," sagte die Prinzessin etwas spöttisch.

„Oh, es machen kein Spaß mehr, kein Streichlein und nichts."

„Na, ich denke, dumme Streiche macht er doch gerade genug." So ärgerlich sagte dies die Prinzessin, daß ihr Gutwettergesicht gleich weg war, und Kasperle dachte: Warte! Laut sagte er: „Mister Stopps, laß dir doch von der Prinzessin etwas vorkaspern, sie kann's."

„Das ist frech!"

„O können Sie, fangen Sie an," rief Mister Stopps.

„Sie kann Purzelbaum schießen."

„Unerhört." Die Prinzessin konnte vor Entrüstung nicht sprechen, und nun rief auch noch Mister Stopps: „Oh, bitte schossen Sie!"

Das war zuviel für eine vornehme Dame. Sie stand auf und wollte gehen und Kasperle rief unbedacht: „Ei fein, dann erzählt Piet weiter."

Aber Piet sagte nein, trotzdem die Prinzessin sitzen blieb und nicht wegging. Die Geschichte wäre nun wieder einmal hinuntergerutscht.

Das war schlimm.

Kasperle erkundigte sich zwar, ob sie nicht wieder heraufkäme, wenn Piet schluckte. So ginge es ihm manchmal mit großen Bissen. Aber Piet sagte, sie käme nicht herauf.

Die Prinzessin fand Kasperles Rede unanständig und Kasperle bekam eine lange Strafrede, und am Schluß rief Kasperle: „Deine war länger."

„Was, länger?"

„Ja, die von Mister Stopps, weil du gelogen hast."

„Aber Kasperle!"

Die Prinzessin wurde so verlegen, daß sie davonlief und Kasperle rief Piet zu: „Nun kannst du erzählen."

„Sie steckt zu tief unten."

„Uas steckt unten?" fragte Mister Stopps.

„Die Geschichte."

„O uie merkwürdig."

„Hol sie doch rauf," rief Kasperle.

„Das geht nicht."

„Dann schüttle, da fällt sie unten durch."

Aber Piet meinte, das ginge auch nicht. So hörten denn die drei Freunde wieder nicht, was Piet noch vom Kasperlelande wußte.

Es war schon sehr schlimm.

Und immer war die Prinzessin daran schuld.

War's da ein Wunder, wenn Kasperle auf ein Streichlein sann?

Es sann lange und ganz ernsthaft, und Marlenchen fragte ein paarmal: „Was hast du, Kasperle?"

„Nichts," sagte Kasperle.

Es hatte auch nichts, denn ihm fiel nichts ein.

Da ertönte die Schiffsglocke, es war Mittagszeit, und da machte Kasperle einen Purzelbaum und weg war er.

Ihm war etwas eingefallen.

Die Prinzessin kam immer zuletzt in den Speisesaal, sie meinte, für eine Prinzessin schicke sich das. Und Kasperle kam sonst immer zuerst, aber heute blieb das Kasperle so lange aus, daß die Prinzessin ihm auf dem Fuße folgte und auf einmal purzelte das Kasperle und stand dann gleich wieder auf den Beinen.

Da rief Kasperle „aiho", die hüpfende Prinzessin verlor plötzlich das Gleichgewicht, glitschte aus und pardauz, da lag sie.

„Sie hat einen Purzelbaum geschossen!"

„Ja, sie schoßte," sagte Mister Stopps. Und dann knarrte und knurrte es – Mister Stopps lachte.

Er lachte so laut und mächtig, daß die Prinzessin ganz verlegen war.

So hatte sie noch niemand ausgelacht.

„Das ist unerhört!" rief sie.

„Oh, es sein merkuürdig, eine Prinzessin, die ein Purzelbaum schoßt. O bitte nochmal!"

Wer weiß, was die Prinzessin in ihrem Ärger nicht alles gesagt und getan hätte, aber da kam der Kellner mit der Suppe – und da lagen Kellner und Suppe, wo vorher die Prinzessin gelegen hatte.

„Oh!" Mister Stopps lachte immer mehr, und als der Kellner aufgestanden war, kam der Kapitän, der schalt heftig und – pardauz, da lag auch der Kapitän am Boden.

„Seife ist schuld, hier ist Seife," rief der Kapitän. „Wer hat –"

Da saß Kasperle unter dem Tisch und fing ein erschreckliches Gebrüll an.

„Kasperle ist's gewesen. Er hat Seife gestreut. Er muß Haue haben!" Der Kapitän sagte es, die Prinzessin schrie es, und der Kellner murmelte es. Kasperle hörte es von allen dreien. Und der Kapitän befahl einem Matrosen, er solle einen Stock holen.

Es war eine ganz schlimme Sache.

Marlenchen weinte laut, aber da sagte auf einmal der Matrose, es war Piet, „ich würd' ihn nicht hauen, weil's doch vielleicht ein Prinz ist und wir der Insel so nahe sind.“

„Ein Prinz, was schwatzt du da?“

„Ja, meine Geschichte ist wieder raufgerutscht.“

„Was für eine Geschichte?“

„Die von der Kasperle-Insel. Mein Freund hat nämlich erzählt,“ sagte Piet, ehe der Kapitän nochmal sagen konnte, daß er den Stock holen sollte, „einmal wäre ein Kasperle doch gestohlen worden von der Insel, das sei der Sohn vom Kasperlekönig gewesen, Prinz Bimlim. Der wäre dann an einen fürstlichen Hof gekommen und habe dort die allerschrecklichsten und unglaublichsten Streiche vollführt. Und ich denke, das ist unser Kasperle gewesen.“

„Die Streiche könnten schon stimmen, aber an einem Hof ist Kasperle wohl nie gewesen, dazu ist er zu ungebildet,“ rief die Prinzessin.

„Doch, früher mal.“ Kasperle sah ganz nachdenklich aus, „das war, ehe ich so lange geschlafen habe.“

„Wo war denn das?“

Ja, das wußte Kasperle nicht mehr.

Nichts wollte ihm einfallen. Da sagte die Prinzessin: „Dann kann er nach Tisch seine Haue haben.“

Na, das ist eine schöne Geschichte, wenn eins sagt, wenn du dich satt gegessen hast, wirst du gehauen.

Dem Kasperle gefiel's nicht sonderlich. Er war aber ein Luftibus und dachte, solche Dinge, die man vorher sagt, gehen oft nicht in Erfüllung. Also ließ er sich's gut schmecken. Die Seife war abgewischt, die zerbrochene Suppenschüssel weggeräumt, und alle saßen da und warteten auf das Essen. Es kam, und die Prinzessin wollte gerade zulangen, als Kasperle so laut er konnte, schrie: „Titus Max hat er geheißen!“

„Wer denn?“

Die Prinzessin hatte vor Schreck den Löffel in die Soße fallen lassen, ganz entgeistert sah sie das Kasperle an: „Was soll's denn mit meinem Urgroßvater?“

„So hat der Fürst geheißen, bei dem ich mal war.“

„Mein Urgroßvater – ja doch,“ rief die Prinzessin, „das kann schon stimmen, die Sage geht, er hätte einen pudelnärrischen Kerl am Hofe gehabt, bist du das gewesen?“

„Das weiß ich nicht.“

„Aber wenn du den Namen weißt, mußt du doch mehr wissen!“

Alle fragten jetzt, denn alle meinten, dem Kasperle wäre jetzt das Besinnen gekommen. So war's aber nicht. Dem Kasperle ging nur manchmal ein Türlein auf, dann wutschte etwas heraus. So war es jetzt gewesen.

Aber alle konnten so viel vom Kasperle herausfragen, so viel sie wollten. Kasperle wußte nur den Namen. Er bekam aber einen gehörigen Schreck, als die Prinzessin sagte: „Kasperle, dann gehörst du eigentlich mir und nicht Mister Stopps.“

„O no, ich haben ihn gekaufen für zuei Millionen.“

Aber die Prinzessin blieb dabei, Kasperle gehöre ihr. Sie stritt sich mit Mister Stopps herum, und dem Kasperle wurde immer bänger um sein kleines Herz. Am liebsten wäre er wieder zum Koch gegangen und Küchenjunge geworden oder in den Mehlsack gefallen.

Marlenchen und das Prinzlein sahen die Angst ihres Gefährten und sie sagten beide: „Komm, wir verstecken dich.“ Und gerade da rief der Kapitän: „Recht muß Recht bleiben, das Kasperle gehört der Prinzessin.“

„Nä,“ schrie Kasperle entsetzt.

„O no, ich haben ihn gekaufen. Sie müssen mich die zwei Millionen uiedergeben.“ Mister Stopps war auch in Angst um sein Kasperle.

„Ich gebe Ihnen nichts wieder. Aber Kasperle gehört mir."

„Mich gehören er!"

„Mir!"

„Mich!"

Wer weiß, wie lange die beiden noch gemirt und gemicht hätten! Wäre nicht ein großer Lärm auf dem Schiff entstanden, sie hätten sich so drei Tage gestritten.

Aber die Türe flog auf, der erste Steuermann stürzte herein und schrie: „Wo ist der Kapitän?"

„Hier, was ist denn geschehen?"

„Herr Kapitän, wir bekommen Sturm!"

Und „Sturm, Sturm," schrie es draußen.

„Was ist?" Die Prinzessin sah auf einmal totenbleich aus.

„Sturm gibt es, da können uir ertrinken," antwortete Mister Stopps, „aber mich gehört Kahspärle, und jetzt komm, Kahspärle, ich nehme dir mit mich."

„So ist's recht." Herr Severin faßte Marlenchens Hand und Frau Liebetraut nahm das Prinzlein, „ihr kommt zu uns."

„Und ich soll wohl allein bleiben?" Die Prinzessin zitterte vor Angst. Und ehe Mister Stopps es sich versah, hatte sie ihn untergefaßt und rief: „Sie müssen mich beschützen."

„Meinetuegen, aber Kahspärle gehört mich."

„Mir!"

Hupp, das Schiff schaukelte und die Prinzessin tat einen Schrei.

„Mich!" Mister Stopps behielt das letzte Wort, denn die Prinzessin war nun wirklich vor Angst halbtot. Sie konnte endlich einmal nicht widersprechen.

Sturm

Und der Sturm kam.

Erst schwankte das Schiff nur etwas hin und her.

Das wurde heftiger und heftiger und auf einmal tanzte das Schiff wie ein Kinderkahn auf dem Wasser.

Blitze zuckten, Donner krachten.

Der Sturm toste, daß niemand den andern verstehen konnte. Und allen wurde es himmelangst in ihren Kabinen.

Jedes legte einen Rettungsgürtel um, und damit krochen sie in den Speisesaal zurück. Gehen konnte niemand mehr, so sehr schwankte das Schiff.

Im Speisesaal trafen sich alle.

Auch Mister Stopps kam mit der Prinzessin, von Kasperle geführt. Ja, Kasperle führte. Kasperle war der einzige von den Passagieren, der sich auf seinen eigenen Beinen halten konnte. Auf einen Purzelbaum kam es dem Kasperle nicht an. Und als die Prinzessin klagte, ihr wäre so übel, purzelbaumte Kasperle in die Küche, er wußte, wo der dicke Koch seinen Kirschgeist aufbewahrte. Den holte er. Es war übrigens gut, daß er wußte, wo die Flasche stand, denn der Koch lag am Boden und wollte sterben. Kasperle hatte Mitleid mit ihm und gab ihm auch Kirschwasser zu trinken, gleich aus der Flasche, das focht Kasperle nicht an.

Und der Koch trank und sagte, nun würde ihm besser. Kasperle wäre doch ein ganzer Kerl.

Mit diesem Lob und dem Kirschwasser kam Kasperle zurück, und die Prinzessin trank auch aus der Flasche, und als sie getrunken hatte, sagte sie: „Das tut gut.“

„Ja,“ Kasperle nickte, „das hat der Koch auch gesagt, als er getrunken hatte.“

„Hat der auch aus der Flasche getrunken?“

„Ja, freilich." Kasperle fand das gerade nicht schlimm, aber die Prinzessin wäre beinahe böse geworden. Doch nur beinahe.

So ein Sturm ist wunderlich.

Auf dem Schiff warf er alles durcheinander und in den Menschen warf er auch alles durcheinander. Bei Herrn Severin, Frau Liebetraut, Rosemarie und Michele konnte der Sturm nicht viel durcheinander werfen. Da war alles so wohl geordnet und festgestellt, daß keine Todesangst alles durcheinander strudeln konnte. Auch bei Marlenchen nicht, das war ein reinliches Herzstübchen, in das der Sturm gar nicht hineinfegte. Beim Prinzlein gab es Hochmutsgedanken durcheinander zu wirbeln, aber bei der Prinzessin Gundolfine und Mister Stopps fuhr der Sturm recht hindurch und kehrte das Unterste zu oberst.

Die Prinzessin dachte an ihre vielen üblen Launen und Mister Stopps hätte viel darum gegeben, wenn er das Kasperle nicht belogen hätte.

Ja und Kasperle, wie sah's in dem aus?

Kasperle hatte keine üble Laune zu beklagen, nur ein Streichlein tat ihm leid, das war die Seife, über die am Mittag die Prinzessin ausgeglitscht war.

Die bedrückte ihn. Er rückte auf einmal ganz dicht an die Prinzessin heran und bat: „Du, sei nicht böse."

„Wegen was denn?"

„Wegen der Seife."

Huppla-hupp! machte das Schiff und die Prinzessin stöhnte ganz sanftmütig: „Ach mein gutes Kasperle du."

Das hatte sie noch nie gesagt.

Dazu mußte ein Sturm kommen.

Und wie der toste.

Manchmal hielt er den Atem an, dann dachten die geängstigten Menschen, er läßt nach, aber gleich darauf erhob sich ein Brausen und Pfeifen, ein Rollen und Heulen, ganz furchtbar.

Im Speisesaal lagen die Menschen alle lang auf dem Fußboden, aufrechtsitzen war nicht möglich.

Einmal kam Piet und fragte: „Leben Sie noch?“

Als alle „ja“ sagten, erzählte er gemütlich: „Nun sind wir bald an deiner Insel, Kasperle, dann fallen wir alle ins Meer.'„

„O je!“

Kasperle dachte, ich muß mal Spaß machen, damit alle ein bißchen lachen, da wird es ihnen besser werden. Also fing er an, Gesichter zu schneiden, und die Prinzessin rief: „Nun wird auch noch Kasperle seekrank.“

„Ich mache doch nur Spaß!“

Aber da merkte er, daß zum erstenmal niemand über ihn lachte. Selbst Mister Stopps stöhnte: „Oh, ich kann nicht lachen. Mich ist es so schlecht.“

Mir, wollte die Prinzessin verbessern, aber – hupp – machte das Schiff, da ließ sie es bleiben.

Und immer toller brauste der Sturm.

Ein Mastbaum war schon zersplittert, just der, in dessen Korb Kasperle gesessen hatte. Alles, was nicht niet- und nagelfest war, kollerte auf dem Schiff durcheinander, und der Kapitän dachte, wir kommen nicht lebendig aus diesem Wirrsal heraus. Wenn es wenigstens bei Nacht aufhörte!

Aber es hörte nicht auf.

Ja, es wurde gegen Abend schlimmer. Die Menschen waren ganz verzweifelt, als sie nun in der Nacht in dem dunklen Speisesaal lagen. Licht durfte der Feuersgefahr wegen nicht gebrannt werden.

„Ach," seufzte auf einmal die Prinzessin, „die Bretter krachen schon, das Schiff bricht auseinander. Hörst du es, Marlenchen?"

Marlenchen hörte es wohl. Sie schrie aber ganz vergnügt: „Das ist ja Kasperle, der schnarcht."

Kasperle verschlief den Sturm. Er schlief wie ein Rätzlein. Risselrassel ging das immerzu die ganze Nacht hindurch.

„Ach," seufzte und stöhnte die Prinzessin, „wer so schlafen könnte!"

„Dazu müßte man schon ein Kasperle sein," meinte Herr Severin. „Aber mir scheint, der Sturm läßt nach."

Er ließ auch wirklich nach.

Um Mitternacht änderte sich das Wetter und es wurde klar.

Am Morgen lag die See glatt und ruhig da und nichts erinnerte an den Sturm der Nacht.

Nur auf dem Schiff sah es wüst aus. Ein Mast zerbrochen, Segel zerfetzt, Planken abgerissen, es war ein Wunder, daß kein Mann über Bord gefallen war.

Aber der Kapitän sah noch immer sehr sorgenvoll aus. Der Sturm hatte freilich nachgelassen, aber das Schiff war von seinem Kurs abgekommen, und der Kapitän fürchtete, es könnte auf einem Riff auflaufen.

Er stand im Speisesaal, um endlich einmal nach den schweren Stunden auszuruhen, als Kasperle erwachte.

Der gähnte und sah sich verdutzt um und fragte ganz erstaunt: „Es ist doch so ruhig?"

„Ja freilich, der Sturm ist vorbei."

„Hunger," schrie Kasperle. Er dachte, nun kann man endlich wieder ans Essen denken.

Die Prinzessin wollte etwas sagen, aber in ihrem Herzen war alles so durcheinandergeweht, daß sie kein böses Wort fand. Sie sagte ganz sanftmütig: „Mein Kasperle muß etwas zu essen haben."

„*Mein* Kahspärle!“ rief Mister Stopps eifersüchtig.

„*Mein* Kasperle.“

Da war der Streit wieder aufgewacht und Herr Severin sagte: „Komisch, kaum ist die Gefahr vorüber, dann streiten sich die Menschen wieder.“

Da schämten sich die andern und Mister Stopps sagte: „Uir uollen nicht zanken. Ich habe Kahspärle gekaufen für zwei Millionen, geben Sie mich die, ich uerde Sie geben Kahspärle.“

„Zwei Millionen. Ich glaube,“ sagte die Prinzessin, „so viel hat niemand von uns.“

„Also behalte ich mein Kahspärle.“

Mister Stopps war sehr zufrieden. Die Prinzessin war es nicht, aber sie sah ein, daß Mister Stopps ein Recht hatte, von *seinem* Kahspärle zu sprechen.

Also schloß sie mit Mister Stopps Frieden, und beinahe hätte nun Kasperle etwas zu essen bekommen. Da erscholl aber draußen ein lautes Rufen. „Oiho, oiho, oiho! Land, Land!“

Alle rannten aufs Deck hinauf. Das hungrige Kasperle voran.

„Meine Insel!“ schrie er.

War's wirklich Kasperles Insel, was da im Meere auftauchte?

„Ja, sie ist's,“ sagte Piet.

„Unsinn,“ schrie der Kapitän.

„Meine Insel!“ Kasperle schrie und hoppste wie besessen. „Er muß essen, dann wird er ruhiger,“ sagte Frau Liebetraut.

„Uir uollen alle essen. Uenn das Kahspärles Insel ist, müssen uir gegeßt haben,“ meinte Mister Stopps.

Da der Kapitän sagte, das Schiff würde an der Insel vorbeifahren, dann könnte man ja sehen, was es wäre, gingen alle in den Speisesaal, um zu essen.

So eine Sturmnacht macht hungrig.

Kasperle wollte gerade ein riesengroßes Stück Braten in den Mund stecken, als es einen fürchterlichen Krach gab.

Und Prinzessin, Braten, Brot, Mister Stopps, Marlenchen, Kellner, Schüsseln, alles kugelte und purzelte durcheinander.

Was war geschehen?

An Bord ein lautes Rufen und Schreien: „An die Pumpen, an die Pumpen!“

Das Schiff war auf ein Riff aufgefahren.

Eine Stunde furchtbarer Angst verging.

Dann stellte es sich heraus, daß das Schiff nicht sehr beschädigt war und in kurzer Zeit wieder flott gemacht werden konnte.

„Ein paar Tage werden wir festliegen,“ meinte der Kapitän, „aber ich hoffe, wir kommen los. Schwer ist's freilich, wenn ich nur wüßte, wo wir sind. Die Inselgruppe ist mir ganz fremd.“

„Es ist die Kasperle-Insel,“ schrie Piet.

„Ach, Unsinn!“

„Doch, sie ist's.“

„Meine Insel!“

Kasperle wäre am liebsten über Bord gegangen, aber der Kapitän befahl, man sollte ihn festbinden, so ein Quirlzeug könnte man jetzt nicht auf dem Schiff gebrauchen.

Na, so eine Beleidigung!

„Es ist doch meine Insel!“

„Ja, es ist die Kasperle-Insel!“

„Wo sind denn eigentlich die Kasperles?“ höhnte der Kapitän.

„Da,“ Piet streckte die Hand aus.

Auf der Insel, der man nun ganz nahe war, zeigten sich wirklich ein paar Gestalten. “Es sind Wilde,“ rief der Kapitän, „Vorsicht, sie wollen ihre Pfeile abschießen!“

„Es sind Kasperles!“ rief Piet.

„Unsinn, es sind Wilde!“ Des Kapitäns Stimme klang böse.

„Vorsicht, sie schießen!“

Die merkwürdigsten Dinge geschehen

Die Wilden machten wirklich Anstalten zu schießen. Sie hatten merkwürdigerweise sogar eine Kanone. Deren Mündung richteten sie auf das Schiff und die Seefahrer starrten entsetzt darauf.

„Sie schossen!“ Mister Stopps jammerte, als ob er schon angeschossen wäre. Er warf sich lang auf den Boden und der Kapitän sagte, das sollten alle tun. „Sie werden nicht schießen.“ Er ließ eine weiße Flagge aufhissen zum Zeichen der friedlichen Gesinnung, aber auf einmal gab es einen Blitz, einen Knall, und über das Schiff hinweg zog eine rosafarbige Wolke und hüllte alle in ihren Dunst.

Die noch nicht gelegen hatten, fielen um, und ein paar Minuten lagen alle stumm und steif da und man konnte meinen, sie wären tot. Sie waren aber kein bißchen tot, sondern sehr lebendig. Zuerst hob Piet die Nase, schnüffelte in der Luft herum und brummte: „Wie das riecht!“

Da lachte der Schiffsjunge Jörg hell auf und Piet schalt nicht, sondern lachte herzhaft mit.

Der Kapitän aber wollte schelten, doch, als er es tun wollte, kam ihn unversehens das Lachen an. Und er lachte so laut und schallend, daß ihn Kasperle ganz verwundert ansah. Da kicherte Marlenchen neben ihm: „I – i – i – ich weiß nicht, es i – i – ist so ko – ko – komisch.“

Rrrrr – ging es wie ein Sägewerk, und auf einmal lachte Mister Stopps, wie er noch nie gelacht hatte. Seine Beine fuchtelten dabei in der Luft herum wie zwei Pumpenschwengel.

Und hihihihi, hahahaha, hohohoho, huhuhuhu ging es nun los auf dem Schiff in allen Tonarten. Hoch und tief lachte es. Selbst die Prinzessin Gundolfine kicherte ohne Aufhören, und Mister Stopps rief: „Sie haben mit La – Lachpu – pulver gescho – sch – –“

„Ge – scho – scho – scho –“

„Geschossen,“ wollte die Prinzessin verbessern, sie brachte aber das Wort vor Lachen nicht heraus.

Der Kapitän wollte „Unsinn“ rufen, er rief aber immer nur „Un – un – un“.

Nur einer lachte nicht: Kasperle.

Auf den hatte der sonderbare Schuß keine Wirkung gehabt, ja eine Traurigkeit, die dem lustigen Kasperle sonst fremd war, war über ihn gekommen, und das Heulen war ihm näher als das Lachen.

„I – i – ich kann nicht m – m – mehr.“ Die Prinzessin hatte schon Schmerzen vor Lachen, alles tat ihr weh.

„Haste Bauchschmerzen?“ fragte Kasperle.

„I – i – i – ich sterbe,“ stöhnte sie lachend.

„I – i – i – ich sterbe auch,“ schrie Mister Stopps.

„I – i – i – ich bin schon tot,“ klagte Piet.

„I – i – ich sterbe bald,“ jammerte Marlenchen, „hihihihi, ist das komisch.“

„Eine hei – hei – heillose Ge – ge – geschichte,“ rief der Kapitän, „sie haben ge – ge – ge – –“

„Ge – ge – geschoßt,“ half Mister Stopps.

Selbst der ernste Herr Severin, Frau Liebetraut und Michele lachten, nur die Gräfin Rosemarie nicht, die hatte in der Kabine einen warmen Schal holen wollen und war verschont geblieben.

Die sagte jetzt zu Kasperle: „Kasperle, wir beide wollen weinen, vielleicht hilft das.“

Da setzten sich die beiden hin und weinten, und es wurde ihnen gar nicht sehr schwer, sie waren alle beide im Herzen tieftraurig über das allgemeine Lachen. Kasperle heulte wie ein Wolf, und was Kasperle tat, steckte an. Marlenchen begann am ersten zu weinen, dann Mister Stopps, der klagte sogar dabei: „Das Lachen war so gut."

„Hm hm sehr, aber recht an – anstrengend," schluchzte die Prinzessin, und „– Ka – ka – kasperle hör' auf, ich muß nun w – w – weinen."

Sie lachte und weinte durcheinander und so ging es den andern auch, sie lachten und weinten durcheinander, bis das Weinen siegte. Da saßen sie alle auf dem Schiff und heulten, daß das Schiff beinahe wieder ausgepumpt werden mußte.

„Hör' nun auf, Kasperle," sagte Rosemarie, „ich glaube, sie sind geheilt."

Und sie waren wirklich geheilt. Der Schiffsjunge und der Kapitän, die weinten am längsten, aber als sie alle aufhörten, sagten sie: „Gott sei Dank, das war anstrengend."

„Aber es hat mich gut getan," rief Mister Stopps.

„Mir," die Prinzessin konnte wieder reden.

„Sie auch, oh uie gut. Aber –" er machte einen Sprung, „sie schossen nochmal!"

Drüben luden sie wirklich ihre Kanone, denn sie hatten gemerkt, daß auf dem Schiff niemand mehr lachte.

Ja, was wäre geworden, wenn Kasperle nicht gewesen wäre?

Der hatte längst gesehen, die da drüben waren Kasperles wie er.

Ich kaspere ihnen etwas vor, dachte er, dann merken sie, daß ein Kasperle an Bord ist.

Und eins – zwei – drei sprang Kasperle auf eine Tonne, die am Bug des Schiffes stand. Und nun ging's los.

Arme, Beine, Nase, Mund, Ohren, alles begann zu zappeln. Das Kasperle war wie ein aufgezogenes Puppenwerk.

Nichts hielt still, der Mund ging auseinander wie ein Scheunentor, und Gesichter schnitt der kleine Kerl, unglaublich.

Mister Stopps lachte, als hätte er wieder Lachpulver bekommen, schließlich mußte ihm die Prinzessin den Kopf wegdrehen, damit er das Kasperle nicht mehr ansah, sonst wäre er geplatzt.

Die drüben auf der Insel waren ganz nahe gekommen, und da standen sie, und der Kapitän dachte, jetzt müßte man jedem eine Kanonenkugel in den Mund schießen, solche Mäuler hatten sie. Es sind, weiß der Himmel, Kasperles!

Hier ein Kasperle, da ein Kasperle. Denen auf dem Schiff war es zu erstaunlich, wie dies möglich war.

So etwas war noch nie vorgekommen.

Kasperle aber wollte denen drüben zeigen, daß er das Kaspern gut verstand. Er kletterte auf seiner Tonne herum und gedachte auf ihr einen feinen Purzelbaum zu schießen.

Sehr fein sollte der werden.

Aber selbst einem Kasperle gelingt mal was daneben.

Die Prinzessin schrie: „Kasperle du fällst!"

Da lag er schon. Im Wasser nämlich.

Plumps, pardauz, war er hineingefallen, und auf dem Schiff und auf der Insel erhob sich gleichzeitig ein großes Geschrei. Die auf der Insel schrien fast noch mehr als die auf dem Schiff. Dafür waren es auch Kasperles.

Am meisten schrie aber Mister Stopps. Der bat himmelhoch, man solle sein Kasperle retten, er wolle viel, viel Geld geben. Die Matrosen hatten auch die Absicht, es zu tun, aber die auf der Insel waren geschwinder. Eins – zwei – drei, wie der Blitz waren die im Wasser, schwammen darin wie Fische und zogen drüben das Kasperle ans Land.

„Mein Kahspärle, mein armes Kahspärle!" jammerte Mister Stopps.

„Das ist verloren," meinte der Kapitän. „Mein geliebtes Kahspärle, es hat zwei Millionen gekosten."

„Und wenn es drei gekostet hätte, verloren ist verloren," sagte der Kapitän.

„Man muß schießen!" Mister Stopps war ganz aufgeregt, und der Kapitän schüttelte über ihn den Kopf. „Unsere Kanone ist doch ins Wasser gefallen, mit was sollen wir schießen?"

„Mit die Geuehre!"

„Drei haben wir nur, und treffen tut niemand. Wir wollen froh sein, wenn die nicht mit ihrem Lachpulver schießen, das ist schlimmer."

„Aber mein Kahspärle, mein armes Kahspärle!"

„Sie schleppen es weg," sagte Piet.

Wirklich, sie schleppten drüben das Kasperle weg.

Das schrie gewaltig. Aber es schrie nicht nach Mister Stopps, sondern nach Marlenchen.

Und Marlenchen stand bitterlich weinend am Geländer und hätte ihrem Freunde so gern geholfen.

„Fall nicht auch noch hinein!" mahnte die Prinzessin.

„Marlenchen ist doch kein Kasperle," meinte der Kapitän.

„Sie fällt."

„Nein doch."

Da machte das Schiff eine Bewegung, weil eine große Welle gekommen war, und plumps lag Marlenchen auch im Wasser.

Und es ging wie vorher.

Geschrei hüben und drüben.

Diesmal waren die Matrosen aber fixer im Wasser, und es gab eine große Prügelei, bei der das arme Marlenchen beinahe ertrunken wäre.

Herr Severin wollte auch das Kind retten, er sprang auch ins Wasser, Michele ihm nach, beide erwischten Marlenchen am Kleid, hoben das Kind empor und wollten gerade mit ihm nach dem Schiff zurückschwimmen, als ein Kasperle daher kam und ihnen beiden mit einer kleinen Pistole Lachpulver in die Gesichter schoß.

Im ersten Schreck, und weil sie gleich so furchtbar lachen mußten, ließen sie Marlenchen los, und wutsch! hatten die Kasperles Marlenchen ergriffen.

Piet kam zu Hilfe, er schlug zwar wie ein Scheunendrescher auf die Kasperles ein, es half aber alles nichts, auch Piet begann zu lachen. Immerzu, unaufhaltsam, und da er tief lachte, klang es ganz schauerlich „huhuhuhu".

Marlenchen aber war verloren.

Ehe sich die Retter noch etwas ausgelacht hatten, war das arme Marlenchen schon auf die Insel geschleppt, und die Prinzessin Gundolfine, Frau Liebetraut, Rosemarie und das Prinzlein sahen laut weinend zu, wie das arme Marlenchen und Kasperle weggeschleppt wurden. Und dabei stürzten sich immer mehr Matrosen in das Wasser und erhielten Schüsse und lachten.

Es war schon schrecklich.

Marlenchen schrie und jammerte, vom Schiff her tönte Wehklagen und Lachen durcheinander. Kasperle tobte drüben wie ein toll gewordener Wolf, die Kasperles sagten zu ihm: „Aber sei doch nicht so dumm, du kommst doch in deine Heimat. Du bist doch ein richtiges Kasperle, du gehörst zu uns."

„Bäh," da streckte Kasperle so lang er konnte aus Wut seine Zunge heraus.

Die Kasperles schrien: „Das ist Menschensitte, aber fein ist's" und „bäh" machten alle Kasperles.

„Dumm, dumm, bäh," Kasperle platzte bald vor Ärger.

„Dumm, dumm, bäh," ahmten ihm die Kasperles nach.

Aber wie Kasperle immer lauter brüllte, Marlenchen immer bitterlicher weinte, bekamen sie beide auf einmal Tücher über den Kopf geworfen, wurden zusammengebunden und dann ging's heidi, wer weiß wohin.

Auf dem Schiff sahen sie mit Grausen, daß die beiden weggeschleppt wurden, und Mister Stopps verlangte stürmisch, alle sollten ihnen nacheilen.

Aber der Kapitän zeigte auf die lachenden Matrosen und sagte: „Es geht nicht, sie lachen sich sonst tot."

„Oh, Marlenchen!"

„Oh, Kahspärle!"

Mister Stopps und die Prinzessin klagten um die Wette, bis auf einmal Mister Stopps sagte: „Sie sehen uie mein libbes Kahspärle aus."

„Ich," rief die Prinzessin doch ein wenig entrüstet.

„Ja Sie, Sie haben so ein großes Mund uie Kahspärle."

„Aber ich bitte."

„Oh, yes, ein ungeheures Mund."

„Aber Mister Stopps!"

„O yes, und uann Sie lachen, schneiden Sie Gesichter ganz uie Kahspärle."

„Aber das ist doch unerhört."

„Oh no, ich höre gut," rief Mister Stopps. „Sie lachen uirklich uie Kahspärle."

„Aber ich bin doch kein Kasperle."

„Und Sie purzelbaumen uie Kahspärle."

„Ich purzelbaume nicht."

„Doch, ich haben gesehen. Sehr komisch, uie mein libbes Kahspärle."

Nun wurde die Prinzessin aber ganz böse, sie schrie Mister Stopps an: „Ich bin doch nicht Ihr Kasperle."

„Oh uundervoll, uie Sie schreien, uie Kahspärle. Und das Gesicht ganz uie Kahspärle. Oh, ich libbe Ihnen."

„Mich oder Kasperle?" fragte die Prinzessin.

„Oh Ihnen, ueil Sie aussehen uie Kahspärle. Oh, ich müssen Ihnen heiraten."

„Mich oder Kasperle?" Jetzt mußte die Prinzessin lachen.

„Ihnen," schrie Mister Stopps begeistert. „Sie reißen das Maul auf –"

„Wie Kasperle, ich weiß schon."

„Uollen Sie mir heiraten?"

Sie sagt nein, denn sie ist jetzt wütend, dachte der Kapitän, der die sonderbare Unterhaltung mit angehört hatte.

Aber die Prinzessin schrie ganz flink: „Ja!"

„Und purzelbaumen Sie mich jeden Tag was vor?"

Das wollte die Prinzessin doch nicht, und beinahe hätte sie gesagt, „dann lieber nicht," aber sie besann sich noch und sagte sanft, sie könne nicht purzelbaumen, weil sie doch eine Prinzessin wäre und für eine Prinzessin schicke sich so etwas nicht.

Das sah Mister Stopps denn auch ein und er erklärte: „Ich bin sehr glücklich, eine Frau zu bekommen, die meinem libben Kahspärle so ähnlich ist. Man kann denken, sie wäre eine Kahspärlerin."

Sehr schmeichelhaft für die arme Prinzessin war das nun nicht. Sie dachte aber, mal wird das Kasperle schon vergessen werden. Es kommt sicher nicht wieder.

Das dachte auch der Kapitän, weil aber Marlenchens und Kasperles Freunde so sehr traurig waren, tröstete er: „Vielleicht kommen sie in drei Tagen zurück, so lange dauert es, bis das Schiff ausgebessert wird. Hoffentlich schießen sie nicht wieder mit ihrer Lachkanone."

Das taten die Kasperles nun nicht. Sie ließen sich überhaupt nicht mehr blicken, es war, als wäre die Insel unbewohnt. Und von Marlenchen und Kasperle war nichts zu sehen, gar nichts.

Auf der Kasperle-Insel

Wo waren Kasperle und Marlenchen geblieben?

Die Kasperles hatten die beiden fortgeschleppt.

Gar so lange war der Weg nicht gewesen. Und Kasperle, dem es gelang, das Tuch zu lupfen, sah, daß es ein wunderhübscher Weg war, der durch lauter Blumengärten führte. So ein Blütenmeer. Von Erde oder Rasen war nichts zu sehen, nur Blumen, Blumen, wohin man schaute. Es war einfach wundervoll.

Dem Kasperle gefiel dies Heimatland gut, und er wäre ganz vergnügt gewesen, wenn Marlenchen nicht gar so schrecklich geweint hätte. Aber Marlenchen weinte ohne Aufhören, und dem Kasperle tat sein Herz weh deshalb.

„Wein' nicht so, Marlenchen, wir kommen schon wieder zurück!"

„Das Schiff fährt fort, ich weiß, ich sehe meinen Vater nie wieder!" klagte Marlenchen.

„Das Schiff fährt erst in drei Tagen, der Kapitän hat es gesagt," tröstete Kasperle.

„Wirklich?"

„Ja, ganz bestimmt. Und bis dahin können wir ausreißen."

„Du mit?"

„Ja, ich lasse dich doch nicht im Stich." Kasperle war ein Held! Was für einer, das sollten die Kasperles gleich sehen.

Kasperle dachte nämlich, zum Ausreißen muß man den Weg kennen, da riß er geschwind das Tuch vom Kopf, ei, wie fuhren ihn da die Kasperles an! Aber Kasperle fuhr sie noch schlimmer an.

Jemine, schimpfte das Kasperle los. Und ritsch, ratsch, zerrte er Marlenchen das Tuch vom Kopf. Mit dem Munde tat er es, und dazu schrie er: „Ich bin Prinz Bimlim, mich behandelt man nicht so!"

Kasperle dachte, gewiß weiß ich's ja nicht, aber vielleicht stimmt es und vielleicht haben sie Angst.

Und die Kasperles kriegten mächtige Angst. Von Prinz Bimlim, der bei den Menschen war, wußten alle auf der Insel, aber die meisten sagten, er würde wohl nicht mehr am Leben sein. Und nun war er auf einmal da.

„Bist du wirklich Prinz Bimlim?" fragte ein Kasperle.

„Freilich bin ich's, siehst du es nicht?"

Marlenchen dachte, wie sich Kasperle aufbläst; dabei weiß er gar nicht, ob er der Prinz ist.

Aber Kasperle ließ sich nicht einschüchtern. Als die Kasperles immer wieder fragten, ob er wirklich Prinz Bimlim sei, behauptete er kühnlich, er wäre es.

„Dann wird sich unser König nicht freuen."

„Warum denn nicht?" fragte Kasperle verdutzt, der ein bißchen aus seiner Prinzenrolle fiel.

„Weil du doch dann der rechtmäßige König wärst." Und ein Kasperle, das blitzdumm war, sagte: „Dein Vater, König Hoppsasa, ist doch lange tot. Weißt du das denn nicht?" Das blitzdumme Kasperle dachte, ich lege ihn recht rein, um zu sehen, ob er wirklich Bimlim ist.

Aber Kasperle herrschte ihn an: „Hach, bist du dumm, wie soll ich denn das wissen, ich war doch schon so lange bei den Menschen."

Dem Kasperle leuchtete das ein, und sie wurden nun ganz höflich zu Kasperle und Marlenchen, banden sie los, und die beiden konnten den Weg sehen. Der wurde immer lieblicher, sie kamen jetzt an einem kleinen See vorbei, in dem lauter bunte Fische schwammen, ringsum blühten wunderbare Lilien, weiß, rot, gelb, lila und blau waren sie und so groß wie ein Kasperlekopf.

Marlenchen vergaß beinahe ihren Kummer vor Entzücken über die vielen Blumen. Eine gefiel ihr besonders, die wuchs wie Kletterrosen an einem Spalier, rosenrot war sie, mit einem himmelblauen Kelch, wie die Farben eines schönen Abendhimmels war sie anzuschauen.

Die Kasperles lachten, als Marlenchen so entzückt war. „Das ist die Lachblume," sagten sie. „Alle zehn Jahre blüht sie nur und ein Jahr dauert es, bis ihre Frucht reif wird. Weil es nur wenige ihrer Art gibt, müssen wir sparsam mit dem Lachpulver umgehen." – „Sei vorsichtig, Prinz Bimlim," rief es, „du weißt doch, daß der getötet wird, der eine Lachblume abpflückt."

Und wieder wunderte sich Marlenchen über Kasperle, der sagte ganz gelassen: „Freilich weiß ich das, aber ein Prinz darf doch mal riechen."

Das durfte ein Prinz. Die Kasperles gewannen immer mehr die Überzeugung daß es wirklich Prinz Bimlim war, den sie gefangen hatten. Nur das blitzdumme Kasperle fragte nochmal: „Bist du es wirklich?"

„Woher wüßte ich denn sonst meinen Namen?"

„Freilich, freilich, und daß unser guter König ‚Tolu' heißt, weißt du denn das auch?"

„Natürlich, Tolu heißt er," sagte Kasperle.

„Er weiß wirklich alles," sagten die Kasperles. „Erinnerst du dich auch noch an Valrosa, unsre Stadt?"

„Natürlich kenne ich Valrosa, da blühen die Blumen auf den Dächern."

„Hei, er ist's!" Und nun erhoben die Kasperles laut ihre Stimme. „Wir bringen Prinz Bimlim, den Verlorenen."

Das gab eine Aufregung in der winzigen Kasperlestadt. Marlenchen sah mit Erstaunen diese Stadt, dreiundzwanzig Häuser hatte sie, jedes sah aus wie ein Blumenhügel, Blumen auf den Dächern, Blumen an den Fenstern, Blumen an den Wänden, Blumen, wohin man sah. Das war Valrosa, die Kasperlestadt. Der Palast, in den die beiden Gefangenen geführt wurden und in dem der König Tolu wohnte, war eigentlich kein Haus, sondern nur ein aus Blumenwänden gebildeter offener Raum. Da es auf der Kasperle-Insel immer warm war, brauchten die Kasperles keine Häuser, die sie vor Kälte schützten. Ein wunderbarer Duft, den alle die vielen Blumen ausströmten, lag über Valrosa, und als der Ruf ertönte: „Prinz Bimlim kommt!“ rissen die Kasperles gleich die Blumen von den Hauswänden und bestreuten den Weg damit.

Das ging so schnell, daß sich auf einmal der schönste Blumenteppich vor Kasperles und Marlenchens Füßen ausbreitete.

„Ist es wirklich Bimlim?“ fragten die Leute von Valrosa.

„Freilich doch, er sagt es ja,“ rief das blitzdumme Kasperle.

„Sagen kann einer viel,“ kam eine Stimme aus der Höhe.

Das war König Tolu, der gesprochen hatte.

Er saß nicht etwa auf einem Thron, bewahre, er saß in einer Schaukel, die ganz oben an den äußersten Spitzen der Blumenwände schwebte.

„Ich bin Prinz Bimlim, potztausend, ich werde doch wissen, wer ich bin,“ rief Kasperle frech. „Und mein Vater war König Hoppsasa.“

„Und deine Mutter war Holla, nicht wahr?“ fragte das blitzdumme Kasperle.

„Freilich war meine Mutter Königin Holla.“

„Er weiß alles, es ist wirklich Bimlim,“ riefen alle.

„Ja und eigentlich bin ich König,“ rief Kasperle.

Plumps! – fiel da der König vor Schreck aus seiner Schaukel. So etwas. Nun sollte er wohl nicht mehr König sein, das war doch zu arg.

Kasperle merkte wohl, daß ihn der König nicht gern sah und froh wäre, wenn er nicht gekommen wäre, er sagte darum leise, daß es nur der aus der Schaukel gefallene König hörte: „Ich mag ja gar nicht König werden.“

Das war nun ungeheuer schlau, der König nickte ihm zu und sagte leise: „Ich helfe dir!“

Da waren sich die beiden einig. Die anderen Kasperles riefen jetzt aber alle: „Er muß etwas vorkaspern, damit wir sehen, ob es wirklich Prinz Bimlim ist, sonst muß er sterben."

„Ja, das kleine Menschenmädchen muß auch sterben," riefen alle.

„Nä," sagte Kasperle, den Marlenchen erschrocken ansah. „Die stirbt nicht, und jetzt habe ich Hunger, und Marlenchen muß trockene Kleider bekommen, denn Marlenchen ist beinahe eine Prinzessin."

„Aber sterben muß sie doch, so verlangt es unser Gesetz," rief ein vorwitziges Kasperle.

Witsch – hatte es einen Nasenstüber von Kasperles Bein. Da merkten schon alle, Prinz Bimlim verstand seine Sache. Er verstand auch das Essen. Potzwetter, konnte Kasperle schlingen. Es wurde allen himmelangst und alle dachten, einen solchen Vielfraß als König mögen wir nicht.

Und dann kasperte Prinz Bimlim.

Ja, das konnte er fein.

Er machte alle seine Teufels-, Räuber-, Prinzessin-Gundolfine- und Mister-Stopps-Gesichter und die Kasperles lachten, als hätten sie Lachpulver verschossen. Sie riefen alle begeistert: „Er soll unser König sein! So einen klugen König haben wir noch nie gehabt. Prinz Bimlim lebe hoch! Hurra!" Und Kasperle nickte gnädig und sagte: „Aber erst muß ich auf dem Schiff Abschied nehmen. Und Marlenchen auch." Aber da erhoben alle Kasperles ihre Stimme und schrien: „Das geht nicht!"

„Es geht doch, potzwetter, wenn es der König will."

„Sei ruhig, Kasperle," sagte König Tolu leise, „ich helfe dir; wenn du noch etwas sagst, dann geht es gleich dem Mädchen schlimm." Da bekam Kasperle einen argen Schreck. Und Marlenchen, die wohl sah, wie feindlich sie angeblickt wurde, fing bitterlich zu weinen an.

„Sei ruhig, ich helfe," sagte der König noch einmal.

„Bäh," machte Kasperle wütend gegen alle Kasperles, weil die alle schrien: „Das Menschenmädchen muß sterben!"

Das war nun sehr ungezogen.

Die Kasperles nahmen es aber als ganz besondere Höflichkeit und machten auch alle „bäh". Nur der König hatte gemerkt, daß die Sache anders gemeint war, er machte nicht „bäh", sondern sagte: „Bimlim, du bist ein Schlingel."

Das war Kasperle freilich, es ahnte aber keiner, in welcher Angst Kasperle um Marlenchen war. Ich reiße mit ihr aus, dachte er. Aber wie sollte er ausreißen, wie an all den Kasperles, die heute Wache hielten, vorbeikommen! Kasperle sann und sann, es wollte ihm gar nichts einfallen.

Darüber verging die Zeit. Es wurde Abend.

Ein wunderbarer Abend. Die Blumen dufteten betäubend, und auf einmal erhoben sich Hunderte von Vogelstimmen.

Aber was war das?

Der Gesang klang ganz mißtönig.

So, als quakten Frösche, schrien Krähen und Elstern daheim, dachte Marlenchen. Kasperle dachte es auch und rief: „Pfui, wie das klingt!"

„Schön," schrien alle Kasperles.

„Nä, ich danke. – Dann singe ich auch schön," schrie Kasperle frech.

„Dann singe einmal," verlangten alle.

Und Kasperle sang zu Marlenchens Entsetzen mit schallender Stimme, mit hundert falschen Tönen Florizels Lied:

„Mußt net weinen,
Mußt net greinen;
Auf Gott vertrau',
Zum Himmel schau'!
Himmelslichter blinken,
Und die Englein winken.
Halt nur aus,

Halt nur aus,
Schon nach Haus
Finden ich und du
Einst in guter Ruh',
Einst in guter Ruh'."

Marlenchen hörte das bekannte Lied, und so schlecht Kasperle sang, das kleine Herz tat ihr bitter weh. Eine namenlose Sehnsucht und Angst ergriff sie und sie fing so bitterlich zu weinen an, wie es die Kasperles noch nie gehört hatten. Zum Überfluß heulte Kasperle mit und auf einmal fingen alle Kasperles an, erschrecklich zu heulen.

Es war schon ein wunderbares Abendkonzert.

Der König dachte, so etwas ist noch nie passiert. Wenn ich den verflixten Bimlim nur erst zum Lande hinaus hätte. Sehr gescheit war der König auch nicht gerade, und ihm fiel nicht ein, wie er ihn hinausbringen könnte.

Dem Kasperle machte aber das Weinen der Kasperles, das gar nicht aufhören wollte, Mut. Er dachte, schießt ihr nur mit Lachpulver, ich weine euch halbtot. Er sah aber ein, daß es gut sei, diesen Abend aufzuhören, also hörte er auf.

Gleich waren alle still.

Die vielen bunten Vögel schwiegen aber auch, sie waren beleidigt, weil Kasperle schöner gesungen hatte als sie.

„Er ist aber auch ein Prinz," krächzte ein goldrotbraunblaugrünschwarzer Vogel.

Ja freilich, Kasperle war ein Prinz.

Er muß fort, dachte der König, aber das kleine Menschenmädchen gefällt mir, das soll meine Frau werden.

Das hätte dem Marlenchen wohl schlecht gefallen. Überhaupt war das Marlenchen tieftraurig, denn ihr Kasperle redete immer vom Dableiben, und sie müßte auch dableiben, da bekam sie rechte Angst.

Als sie Kasperle einmal allein erwischte, sagte sie zu ihm: „Wenn ich hierbleiben muß, sterbe ich."

„Stirbse nicht, Marlenchen, ich bringe dich schon fort. Mir fällt schon ein Streichlein ein."

„Aber wann?" Marlenchen weinte.

„Morgen."

„Und du bleibst hier und wirst König?"

„Nä, das mag ich nicht. So viele Kasperles ist dumm, ich will zu dir, aber nicht zu Mister Stopps, zu dir."

„Ach ja," rief Marlenchen, „das wird fein, du kommst mit nach Lindeneck. Wenn wir nur erst fort wären!"

„Was hat das kleine Menschenmädchen, Kasperle?" fragte auf einmal der König, der das Marlenchen weinen sah.

„Sie will mich heiraten und Königin werden, eben hat sie es gesagt."

„Aber ich will doch König bleiben."

„Dann mußt du uns beide wegbringen."

„Das darf ich nicht, kein Gefangener darf die Insel verlassen."

„Papperlapapp," schrie Kasperle, „ich darf, was ich will" und – witsch, hatte er mit seinem Bein dem Kasperlekönig einen Nasenstüber versetzt.

Da schrie der laut. Kasperle aber sagte spöttisch: „Ich muß König werden, ich kann alles besser als du."

„Ist nicht wahr!"

„Ist doch wahr. Morgen werden wir einen Wettkampf veranstalten, ich kann auch schneller laufen als du."

So dumm war der König doch nicht. Er merkte, wo Kasperle hinauswollte und sagte flink: „Gut, wir machen morgen einen Wettlauf." Und leiser fügte er hinzu, „aber ehe das Schiff abfahren kann, schießen sie mit der Lachkanone."

„Tun sie nicht.“

„Doch, sie tun es.“

„Nä, tun sie nicht, paß auf.“

Da hob plötzlich ein lautes Rufen an. „Prinz Bimlim soll jetzt erzählen.“

„Was denn?“

„Wie es bei den Menschen war.“

„Meinetwegen,“ sagte Kasperle, „ich will alles erzählen, aber erst morgen früh. Jetzt bin ich müde, huuh, huuhu.“ Er gähnte so laut, daß alle mitgähnen mußten.

Da hieß es allgemein: „Wir gehen zu Bett!“

Die Gäste wurden an ein riesengroßes Gestell geführt, in dem lauter kleine Schaukeln hingen, wie Wiegen waren sie. Dahinein legte sich in jede ein Kasperle, und kaum lagen sie, blies ein Wind daher und bewegte die Wiegen. Hin und her, her und hin.

Kasperle fand das fein. Marlenchen aber hätte lieber in einem weichen Bett gelegen. Doch schlief es bei dem sanften Wiegen bald ein. Auch Kasperle schlief, und auf einmal ertönte ein großes Geschrei mitten in der Nacht.

„Die Feinde kommen, die Feinde kommen!“

Hei, da sprangen alle auf.

Wer waren denn die Feinde, waren es am Ende die guten Freunde vom Schiff?

Aber soviel sich auch alle Kasperles umschauten, niemand und nichts war zu erblicken.

„Wer will uns denn überfallen?“ fragte der König.

Niemand wußte etwas.

„Wer hat den Lärm zuerst gehört?“

„Ich, ich, ich,“ drei Kasperles meldeten sich.

„Wie war der Lärm? Hat's geschossen?"

„Nein, immer ‚rrrrrrrrr' hat's gemacht."

Da kam auf einmal aus Marlenchens Schaukelwiege ein silberhelles Klingen, Marlenchen lachte. „Kasperle hat geschnarcht," rief sie.

Geschnarcht! So etwas hatten die Kasperles noch nie gehört, aber auch nicht so ein helles Lachen. Der König rief: „Das gefällt mir, die will ich heiraten."

Da kroch Marlenchen ganz erschrocken unter ihre buntfarbene Seidendecke, Kasperle aber flüsterte aus seiner Wiege herüber: „Hab' keine Angst, Marlenchen, ich beschütze dich!"

Die Flucht

Ja, Kasperle war ein Held.

Als er am nächsten Morgen erwachte, wußte er ganz genau, was er tun mußte, um Marlenchen zu retten.

Leicht war das nicht.

Und wie sich Kasperle so umschaute, wurde ihm sein Herzlein zentnerschwer. Da lag Valrosa, seine Heimat, und wie schön war sie. Blumen, wohin er sah, alles voll Blumen, und der Himmel blau wie Seide. Die Sonne schien heller, strahlender als selbst in Lugano auf das kleine Eiland hernieder. Und hier könnte nun Kasperle als König hausen, aber was geschah dann mit dem feinen Marlenchen? Das sah nie seine Heimat wieder, nie seinen Vater.

Kasperle dachte an alle Liebe, die das feine Marlenchen ihm erwiesen hatte, denn Kasperle war dankbar, was Menschen nicht immer sind. Er beschloß, Marlenchen zu retten, wenn er dann auch die Heimat für immer verlor.

Er fühlte auch, so schön es hier war, unter so vielen Kasperles würde er nie glücklich sein, dazu hatte er die Menschen zu lieb gewonnen.

„Kasperle," sagte das Marlenchen aus der anderen Wiege, „was wird heute werden?"

„Ich helfe dir schon," sagte Kasperle. Und dann nickte er Marlenchen zu, purzelbaumte aus seiner Wiege und schrie: „Holla, ho – holla, seid ihr aber Langschläfer!"

„Wir dürfen doch erst aufstehen, wenn der König ruft," sagten die Kasperles.

„Nä, dann steht nur auf, ich bin der König."

„König Bimlim," klang es und drang zu dem König Tolu.

Der ärgerte sich, aber als Kasperle ihn ansah, nickte der ihm zu, als wollte er sagen: „Ärgere dich doch nicht, es wird alles gut."

Dann gab es Frühstück.

Dies war wieder für die Kasperles eine große Verwunderung, denn Kasperle vergaß seinen Wettlauf und aß sich plumpsatt. Er kann nicht laufen, dachte der König, er will im Lande bleiben.

Aber er kannte Kasperle schlecht. Der konnte mehr vertragen als so ein bißchen Kasperle-Frühstück mit rosenroter Milch und himmelblauen Brötchen und grasgrünem Honig.

„Nun der Wettlauf!" riefen die Kasperles.

„Nä, erst die Erzählung," antwortete Prinz Bimlim. „Erst müßt ihr wissen, was ich alles erlebt habe."

„Ja," schrien alle, „das ist fein," und alle purzelbaumten, aber keiner konnte es so gut wie Prinz Bimlim, trotz des Frühstücks.

Kasperle sollte sich in die Königsschaukel setzen, aber das gefiel ihm nicht, er setzte sich auf einen goldenen Tisch, und dann erzählte er.

Marlenchen hörte auch zu und ihre Augen wurden größer und größer. Hilf, Himmel! konnte Kasperle aufschneiden! Sie kannte doch alles, von dem er erzählte, aber so riesengroß war ihr alles noch nie erschienen, wie es Kasperle darstellte. Da war der Herzog August Erasmus ein mächtiger

König und Schloß Himmelhoch wirklich das größte und höchste Schloß in allen Landen. Und was hatte Kasperle alles getan! Jedes dumme Streichlein war eine Heldentat und jedes dumme Torburger Straßenbüble, mit dem Kasperle Freundschaft gehalten hatte, war ein mutiger Soldat.

So etwas! So ein kleiner Schwindelpeter!

Und von der Prinzessin Gundolfine erzählte Kasperle, und dabei schnitt er die allertollsten Gesichter. Die Kasperles verrenkten sich beinahe Mund und Nase, um diese Gesichter nachzumachen. Und komisch, alle schlimmen Dinge wie das In-die-Schlagsahne-Fallen und dergleichen, waren in Kasperles Erzählung der Prinzessin passiert, und die Kasperles lachten und lachten, sie drehten und wendeten sich vor Lachen und der König dachte, das wird schlimm. Es wurde auch was Schlimmes daraus, denn sie bekamen alle Leibschmerzen vor Lachen.

„Hör' auf!“ gebot der König.

Aber Kasperle hörte nicht auf. Er erzählte gerade von seiner Reise in die Schweiz, wo nicht er, sondern die Prinzessin nach den Schneebergen um Schlagsahne gelaufen war und wo er, das Kasperle, sie aus den Klauen des Adlers gerettet und sie aus dem Käsebottich herausgezogen hatte.

„Aufhören!“ gebot der König.

Aber Kasperle sagte ruhig: „Ich bin noch lange nicht fertig, ich habe noch sehr viel zu erzählen!“

„Wir haben schon Bauchschmerzen!“ klagten die Kasperles.

„Dann eßt Obst und trinkt saure Milch dazu, das ist gut für Bauchschmerzen.“

Die armen Kasperles. Sie glaubten Bimlims dummer Rede wirklich, sie baten, er solle ein Weilchen warten, und liefen alle hinaus und wollten saure Milch trinken. Aber da rief Kasperle selbst, sie sollten es lieber lassen, es wäre nur ein Scherz gewesen. Und dabei machte er ein Gesicht wie Mister Stopps.

„Aufhören,“ schrien die Kasperles, „wir können nicht mehr! Wir wollen jetzt Mittag essen.“

„Nä,“ sagte Kasperle, „ich bin noch nicht fertig. Noch lange nicht. Jetzt sehe ich aus wie Mister Plumpudding.“

„Aufhören, uns tut alles weh!“

„Mir nicht,“ rief Kasperle frech und sah aus wie Mister Plumpudding.

Er schwindelte, denn ihm tat schon etwas weh, sein Herz nämlich. Je näher die Stunde rückte, daß er von der Heimat weg mußte, je schwerer wurde ihm sein Herz. Da hatte er sich viele Jahre nach der Heimat gesehnt, und nun, da er sie gefunden hatte, mußte er am zweiten Tage fliehen!

Es war schon hart.

Aber Kasperle war doch ein Held, er dachte nur an Marlenchens Rettung, das war ihm selbstverständlich. Wie hätte er seine liebe, kleine Freundin im Stich lassen können!

Das ging nicht.

Aber Helden verlieren auch mal die Fassung. Das geht nun eben so. Als die Kasperles so furchtbar lachten und immer schrien „aufhören, aufhören,“ da überkam Kasperle plötzlich die tiefste Traurigkeit, und er fing zu weinen an.

Das war nun dumm, denn gleich fingen die Kasperles auch zu weinen an und mit dem Lachen war es vorbei.

Kasperle aber merkte wohl, daß er eine Dummheit gemacht hatte, aber er konnte sich gar nicht helfen und in seiner großen Angst weinte er immer mehr. Die Kasperles weinen nicht gern und lassen es nicht gern vor andern sehen, wenn sie weinen. Sie steckten also die Köpfe zwischen die Füße und weinten laut und kläglich.

Kasperle war heute ein rechtes Gescheitle. Er sagte leise zu Marlenchen: „Reiße aus, sie sehen es nicht!“

„Allein?“

„Reiß aus!“

Da rannte Marlenchen wie der Wind davon in ihrem bunten Kasperlekleid, das man ihr gegeben hatte, und kein Kasperle sah das fliehende Marlenchen.

Würde Kasperle nachkommen?

Das heulte weiter und die Kasperles schrien: „Hör' auf, wir können nicht mehr!“

Aber Kasperle hörte noch lange nicht auf. Der heulte wie ein hungriger Wolf zur Winterszeit. Auf einmal aber schrie er: „Hurra, jetzt schießt König Bimlim einen Purzelbaum, damit ihm das Essen auch gut schmeckt.“

Und – wuppdiwupp purzelbaumte er über den König und viele Kasperles hinweg.

Wohin? Dem Marlenchen nach!

Kasperle fühlte, ohne Marlenchen war ihm die schöne Heimat öde und leer. Er mußte auch sehen, ob das feine Marlenchen aufs Schiff kam.

Bis sich die Kasperles besannen und zu weinen aufhörten, war Kasperle schon ein gut Stück in das Land hinausgepurzelbaumt.

Und dann dauerte es wieder eine Weile, bis ihnen einfiel, Kasperle, der Prinz Bimlim, könnte geflohen sein.

Wer sagte es zuerst?

Das blitzdumme Kasperle. Das legte auf einmal den Finger an die Nase und sagte mit dem dümmsten Gesicht, das es machen konnte: „Er ist vielleicht ausgerissen.“

Die andern lachten alle.

Ausreißen, wenn einer König vom Kasperland werden kann, hohoho, hihihi, so dumm ist keiner.

„Und er ist doch ausgerissen. Marlenchen fehlt auch,“ rief der König.

Da schrien alle durcheinander. „Man muß sie fangen.“

„Ja, man muß sie fangen.“

„Man muß sie schnell fangen.“

„Ja, man muß sie schnell fangen.“

„Wir holen sie schon ein.“

„Nein, wir holen sie nicht mehr ein.“

„Man muß die Lachkanone nehmen.“

„Ja, die Lachkanone.“

Es dauerte lange, bis die Kasperles zur Verfolgung bereit waren. Gerade als sie aus dem Tor von Valrosa zogen, purzelbaumte Kasperle über Marlenchen hinweg, die am Ufer stand und nach dem Schiff hinüberwinkte.

„Helft, helft!“

Aber noch sah es niemand. Doch da war Kasperle.

„O Kasperle, du kommst mit mir?“

Kasperle nickte ernsthaft und sagte: „Du bist doch meine Freundin, Marlenchen!“

Da fiel das feine Marlenchen ihrem Kasperle um den Hals und weinte laut, und dies Weinen hörte drüben Mister Stopps.

„Marlenchen weint.“

„Ih wo!“ sagte seine liebe Braut.

„Doch, und da drüben steht sie, und mein Kahspärle ist auch da. Hurra, mein Kahspärle!“ rief Mister Stopps und fiel ins Wasser.

Da konnten die Matrosen gleich Kasperle und Marlenchen mit herüberholen, es war eine Arbeit.

„Mein Kahspärle, mein liebes Kahspärle, nun hab' ich dich wieder!“ schrie Mister Stopps.

„Nä,“ sagte Kasperle, „ich bin's nicht.“

„Du bist's nicht?“

„Nä, ich bin Prinz Bimlim, den haste nicht gekauft.“

Vielleicht hätte der gute Mister Stopps doch gesagt: „Du bist es,“ wenn nicht Piet ein furchtbares Geschrei erhoben hätte: „Sie kommen, sie kommen und sie haben die Lachkanone mit!“

Die Kasperles kamen wirklich, und sie kamen schneller als es vorher den Anschein gehabt hatte. Die Lachkanone hatten sie auch mit, aber diesmal rannten alle Schiffsleute in die Kabinen und als die rosenrote Wolke kam, traf sie allein Mister Stopps, den traf sie aber gründlich.

Mister Stopps brach in ein riesengroßes Gelächter aus, er lachte und wackelte dabei so hin und her wie neulich der Mastbaum im Sturm.

„Hahaha, hohoho, huhuhu“ – Mister Stopps lachte alle Tonarten durch. Er lachte und lachte und zuletzt fiel er um.

Die von drüben schrien immerzu: „Wir wollen unsern König Bimlim haben!“

Das hörte Mister Stopps trotz seines Gelächters. Er schrie: „N –n –nein – da – da – das geht n – n – nicht, er ha – ha – hat zw – zw – zwei Mimimimi –“ da brach Mister Stopps ab, mehr brachte er nicht heraus.

Die Kasperles aber hatten ihn überhaupt nicht verstanden und sie schrien immer lauter: „Wir wollen unsern König Bimlim, unsern König Bimlim!“

Kasperle aber lag in der Kabine und – weinte.

Er hörte wohl das Schreien, und Marlenchen sah ihn ganz traurig an. Würde er gehen?

Herr Severin sagte: „Kasperle, willst du nicht? Es ist deine Heimat.“

Ach, das arme Kasperle, es wäre schon gerne nach Valrosa zurückgekehrt, aber der Abschied von seinen lieben Freunden wurde ihm zu schwer.

Mein Kasperle bleibt bei mich, dachte Mister Stopps, der schon halbtot vor Lachen war. Sagen konnte er nichts mehr.

„Wir schießen so lange, bis sich alle tot gelacht haben," riefen die Kasperles, gerade als Piet auf Deck kam, um zu sehen, was nun los wäre.

„Wir lachen ja gar nicht, aber Kasperle wird gleich kommen und weinen und wir werden alle weinen, da müßt ihr euch totweinen."

Da rissen die Kasperles aus, der König voran. Der war heilfroh, denn wenn einer einmal König vom Kasperland ist, dann will er es auch bleiben. Nur das Marlenchen hätte er gerne behalten. Sie rissen aus und waren auf einmal verschwunden.

Aber Mister Stopps lachte immerzu. Er war schon ganz schwach vor Lachen.

Da sagte seine liebe Braut: „Man muß ihn unter die Pumpe halten, das wird gut tun."

Also hielt man ihn unter die Pumpe und plantschte ihn pudelnaß. Da hörte er auf zu lachen. Er tat einen tiefen Seufzer und sagte: „Das haben mich gut getan."

„Die Pumpe, das glaube ich, das hilft," meinte der Kapitän.

„O no, das Lachen, das hat mich gut getan, ich uollte, ich hätte eine Lachkanone und meine liebe Frau könnte mich schossen. O schade, sehr schade! Aber ich habe mein liebes Kahspärle uieder."

„Nä, ich bin's nicht, ich bin Prinz Bimlim."

Mister Stopps war damit gar nicht einverstanden, aber dem Kasperle kam Hilfe. Die Prinzessin sagte: „Er hat recht, als du ihn kauftest, war er Kasperle, jetzt ist er beinahe ein König. Er gehört dir nicht."

„Er kommt zu uns," rief Frau Liebetraut.

„Zu uns," riefen Michele und Rosemarie.

„Zu mir," rief das Prinzlein.

Marlenchen sagte gar nichts, sie sah Kasperle nur an. Da rief Kasperle: „Ich geh zu Marlenchen und zu den andern komme ich auf Besuch."

„Zu mich auch?" rief Mister Stopps.

„Nä," rief Kasperle, „du hast jetzt 'ne Frau."

Das war Mister Stopps gar nicht recht, denn im Grunde war ihm das Kasperle lieber als die Prinzessin. Die aber sagte: „Ich bin dein Kasperle," da war er schließlich zufrieden. Wenn er nur lachen konnte.

Die Kasperle-Einladung

Auf der Kasperle-Insel war man sehr traurig über Kasperles Flucht und König Tolu hatte einen schlimmen Stand. Die Kasperles beschuldigten ihn, er hätte um Bimlims Flucht gewußt, und König Tolu konnte reden, soviel er wollte, sie glaubten ihm nicht. Es wurde großer Kasperlerat gehalten, zuerst machten alle „bäh" und glaubten das wäre schön, aber König Tolu fand es nicht schön, doch sagte er nichts, denn wenn die Kasperles einmal böse waren, dann waren sie schlimm, selbst gegen ihren König.

Endlich, nachdem sie viele Purzelbäume geschossen hatten, und sehr oft „bäh" gemacht, kamen sie überein, König Tolu müsse auf das Schiff gehen und Prinz Bimlim um sein Bleiben bitten.

„Und dann," sagte ein uraltes Kasperle, „mußt du nachsehen, ob Kasperle ein herzförmiges Mal an der linken Schulter hat. Das hatte nämlich Prinz Bimlim, das weiß ich noch."

„Aber ich fürchte mich," schrie König Tolu, „die Menschen nehmen mich mit, und dann sehe ich auch meine liebe Kasperle-Insel nicht wieder."

„Ein König muß sich für seine Kasperles opfern können," schrie das uralte Kasperle.

Da schwieg König Tolu und dachte bei sich, „auf alle Fälle nehme ich Lachpulver mit, um mich retten zu können".

Er nahm also seine Dose Lachpulver, die er gut verbarg, und dann rüstete er sich zu der Reise nach dem Schiff.

Dort hielt man sorgsam Umschau.

„Sie kommen, sie kommen wieder und holen Kasperle," schrie auf einmal der Matrose, der die Wache hatte.

„Oh, sie schossen wieder," schrie Mister Stopps erfreut.

Doch sie schossen nicht. Sie schwenkten einen großen weißen Blumenkranz, das war ihr Friedenszeichen, und die auf dem Schiff verstanden es und fragten: „Was wollt ihr denn?"

„Unser König Tolu soll es sagen!"

Da trat König Tolu vor und rief: „Bimlim, sage, hast du ein herzförmiges Mal auf deiner Schulter, das hatte nämlich Prinz Bimlim."

Nun hatte das gute Kasperle am ganzen Körper kein kleines Mal, er wollte aber nicht sagen, daß er nicht Bimlim wäre; also schrie er sofort: „Jawohl, wie ein Herz sieht es aus." Das war nun frech geschwindelt.

„Er ist Bimlim," dachte Tolu, „also müßte er König werden."

Er rief hinüber: „Du sollst mein Mitkönig sein."

„Mag ich nicht. Ich gehe ins Menschenland zurück! Ich will Marlenchen heiraten."

„Komme mit ihr wieder, es soll euch nichts geschehen," bat der Kasperlekönig.

In dem Augenblick kam Prinzessin Gundolfine auf das Verdeck, und weil sie sich mal wieder geärgert hatte, schnitt sie ein furchtbares Gesicht.

„Sie haben noch ein Kasperle auf dem Schiff," schrien ein paar Kasperles, als sie die Prinzessin erblickten.

„Jawohl," schrie das Kasperle, „es ist sogar eine Prinzessin Kasperle und will Mister Stopps heiraten."

Hui, fuhr die Prinzessin wütend auf Kasperle los und drüben lachten alle laut, denn sie nahmen es für ein Späßlein, daß die Prinzessin Kasperle in das Wasser werfen wollte. Kasperle schrie mörderisch und Mister Stopps kam ihm zu Hilfe. Darüber fing er an, sich mit seiner lieben Braut zu streiten, und drüben lachten die Kasperles immer mehr.

König Tolu trat ganz dicht an das Ufer und bat: „Bimlim, komm wenigstens und besuche uns noch mal und bringe den großen Prinzessinnen-Kasper mit."

Doch Kasperle schrie: „Die will nicht."

So ging das Reden ein Weile hin und her. Kasperle wollte nicht mitgehen, und die Kasperles wollten nicht ohne ihn nach Valrosa zurückgehen. Dem König wäre es schon recht gewesen, aber er fürchtete den Zorn seiner Landeskinder. Endlich sagte er: „Weißte was, Bimlim, du besuchst uns."

„Nä," schrie Kasperle, „dann wird es wie beim Herzog, erst bin ich Besuch und dann werde ich eingesperrt."

„Ich gebe dir mein Kasperlewort, du wirst nicht eingesperrt, das kleine Menschenmädchen auch nicht, und der große Menschenkasper soll auch mitkommen," sagte König Tolu.

Alle hörten es und alle Kasperles sagten, „ein König hält sein Wort, Bimlim, komme zu uns, du wirst unser König."

Der Strick Kasperle dachte, „ich bin ja gar nicht Bimlim, ich habe ja das Mal nicht, aber das brauchen sie nicht zu wissen," und fragte: „Marlenchen, willst du mit?"

Aber Marlenchen wollte nicht.

Doch da fing der kleine Kasperlekönig furchtbar an zu weinen, er weinte so sehr, daß das gutherzige Marlenchen endlich sagte, einen Besuch könnten sie ja schließlich noch machen.

„Aber der alte Menschenkasper muß mitkommen," riefen die Kasperles.

Die Prinzessin Gundolfine war zwar sehr entrüstet, daß sie für ein Kasperle gehalten wurde, aber neugierig war sie auch sehr. Also sagte sie, sie wollte mitgehen. Da wollte der gute Mister Stopps auch mitgehen, was der Prinzessin nicht recht war, sie machte ein Mäulchen und flugs machte jedes Kasperle ein Mäulchen, sie dachten, das wäre besonders lustig.

Mister Stopps war ganz traurig, aber das Kasperle sagte zu ihm: „Laß sie ziehen, vielleicht kommt sie nicht wieder, das wäre am besten." Das war nun wieder arg frech von Kasperle.

Zuletzt fiel es aber der Prinzessin noch ein, Mister Stopps wäre ein guter Schutz und sie verlangte sein Mitgehen.

„Ich ging nicht," brummte Kasperle.

Doch Mister Stopps ging auch mehr aus Neugier als aus Sorge um die Prinzessin mit.

Sie wurden alle vier drüben mit lautem Jubel empfangen, und dann ging es den bekannten Weg, nach Valrosa zu. Der König mit Kasperle und der Prinzessin Gundolfine voran; denn die hatte gesagt: „Ich bin eine Prinzessin, ich muß vorangehen."

„Du sein meine liebe Braut, du mußt mit mich gehen," rief Mister Stopps, aber davon wollte die Prinzessin nichts wissen. Sie stolzierte allen voran und König Tolu konnte ihr kaum folgen. So langten sie in Valrosa an und alle Kasperles verdrehten sich beinahe Augen und Hälse, weil alle die Prinzessin sehen wollten, die auch ein Kasperle war. Das fand die Prinzessin frech und sie schnitt solche Gesichter, daß die Kasperles kaum aus dem Lachen herauskamen. Auf einmal schrie das blitzdumme Kasperle: „Er muß sie heiraten!"

„Wer?"

„Bimlim die Menschenprinzessin."

Das ging dem Kasperle doch über die Hutschnur. Er verdrehte fürchterlich seine Augen und schrie: „Ich stirbse."

„Oh, stirbse nicht, mein Kahs – pärle," schrie Mister Stopps erschrocken, „und die Prinzessin kannst du nicht heiraten, die heirate ich."

„Nein, ich!" Und schwapp! fiel der Kasperlekönig vor der Prinzessin auf die Knie nieder und fragte: „Schöne Prinzessin, willst du mich heiraten?"

„Ach ja," antwortete die Prinzessin etwas unüberlegt.

„So, nun bist du meine Frau," rief Tolu, „denn bei uns Kasperles geht das Heiraten so geschwinde wie das Brezelbacken. Jetzt darfst du nicht mehr zu den Menschen zurück, jetzt mußt du bei uns bleiben."

Da fing die Prinzessin furchtbar zu weinen an und Mister Stopps weinte auch, obgleich es ihm keinen rechten Spaß mehr machte, die Prinzessin zu heiraten.

„Schluß," rief König Tolu, als die Prinzessin weiter klagte. „Jetzt bist du meine Frau und bleibst sie und nun ziehen wir in Valrosa ein. Voran, los, macht Musik!" und unter Bimmelbammelbimblimbim zogen alle in Valrosa ein und darin schrien alle: „König Bimlim soll leben und Prinz Tolu mit seiner Menschenprinzessin!"

Tolu ärgerte sich und der falsche Bimlim hatte ein mordsschlechtes Gewissen.

Auch tat Kasperle die Prinzessin leid, so ungut sie auch sonst war, jetzt war sie doch sehr traurig und Mister Stopps war ebenfalls traurig vor Mitleid. Der flüsterte leise Kasperle zu: „Du mußt sie befreien."

„Immer soll ich jemand befreien," brummte Kasperle, „wenn ich nur erst selbst wieder draußen wäre."

Peringel

Im Kasperland mußten die Gäste die Schule sehen, denn weil Kasperle in eine Menschenschule gegangen war, wollten sie zeigen, daß sie auch so etwas hätten. In der Schule aber standen die Kinder alle auf dem Kopf, als die Gäste eintraten, das war Höflichkeit. Und nachher drehten sie dem Lehrer alle den Rücken zu, und wenn eins was hersagen mußte, dann schossen sie von rückwärts einen Purzelbaum und stuppten öfters dabei dem Lehrer an die Nase, das nahm der aber nicht übel.

In der Schule hatten sie gerade Geschichtenerzählen und ein Kasperlebübchen erzählte die Geschichte von Peringel, dem unnützesten aller Kasperles. Wer war Peringel, lebte er noch?

Das wußte niemand. Peringel war mit dem Prinzen Bimlim zu den Menschen gekommen und der König Tolu sagte: „Bimlim, kennst du ihn nicht mehr?“

Kasperle machte ein seltsames Gesicht. „Jawohl, ich erinnere mich seiner,“ sagte er, „er war ein unnützer Kerl.“

„Ein sehr unnützer Kerl, der würde aufgehängt, wenn er wieder käme.“

„Warum?“

„Weil er Lachpulver verschossen hat und zwar in das Meer, da haben alle Fische angefangen zu lachen.“

„Sehr komisch,“ rief auf einmal Mister Stopps, „schade, daß Peringel nicht mehr lebt, den möchte ich haben.“

„Wer weiß, vielleicht lebt er noch,“ sagte Tolu, „Bimlim muß es wissen.“

„Er ist tot,“ sagte Kasperle und machte ein furchtbar ernstes Gesicht.

„Oh, uie schade.“

Kasperle sagte nichts, aber in seinem Herzen war ein Türlein aufgesprungen, und er wußte auf einmal, daß er nicht Bimlim, sondern Peringel, der unnützeste aller Kasperles, war. Wenn das Tolu wüßte und die anderen?

Kasperle sehnte sich auf einmal fort aus Valrosa, aber er rief ganz lustig: „Ich will von Peringel hören. War er wirklich so unnütz?“

„Schrecklich unnütz, aber eigentlich mußt du ihn doch kennen, er ist mit dir ausgerissen,“ sagte König Tolu wieder.

Ja freilich, Kasperle kannte Peringel schon, und auf einmal hörte er wieder einen alten Kasper sagen: „Du darfst nicht mit dem Prinzen ans Meer laufen,“ und er war doch mitgelaufen, da waren er und Bimlim gefangen genommen worden.

Oh, Kasperle wußte das auf einmal ganz genau. Er brummte jedoch unwirsch: „Ich habe so viel schlafen müssen, darüber habe ich Peringel, den Schlingel, vergessen.“

Die Kasperles lachten über das Wort und der Lehrer erzählte von Peringel, dem Schlingel.

Ganz furchtbar unnütz war der gewesen, er hatte im Kasperland so viele dumme Streiche gemacht, daß man noch heute sagte: „So schlau wie Peringel.“ Einmal hatte Peringel seinen Lehrer in das Bienenhaus gesperrt, da hatte der vor Angst, die Bienen könnten ihn stechen, so gekaspert, daß die Bienen alle vor Angst ausgerückt waren. Erst nach Monaten hatte man sie jenseits der Insel wieder eingefangen. Und gegessen hatte Peringel, man hätte es schon fressen nennen können.

„Uie Kahs – pärle,“ sagte hier Mister Stopps.

Ei, das war nicht klug, Mister Stopps.

Auf einmal schauten alle Kasperles auf Bimlim und der König sagte: „Du bist am Ende gar nicht Bimlim, sondern Peringel.“

„Ich bin Bimlim,“ schrie Kasperle.

„Du mußt das Mal zeigen!“

„An dem Tage, an dem ihr mich zum König wählen werdet, zeige ich es.“

Kasperle sah so bitterböse drein, daß alle Kasperles dachten: „Er ist doch Bimlim, sonst wäre er nicht so böse.“

„Weiter von Peringel,“ schrie Kasperle, „mir dämmert's, den habe ich gekannt. Hat er nicht einmal vor Königs Geburtstag eine ganze Speisekammer leer gefressen?“

„Ja, das hat er. Ganz und gar leer.“

„Und einmal hat er ein Loch in unsere Wasserleitung gestoßen, da wäre beinahe das ganze Kasperland ertrunken. Ja und dann hat er der Königin den falschen Zopf geangelt.“

„Wie Kasperle," schrie die Prinzessin Gundolfine.

Da schrie sie Kasperle wütend an: „Wenn du nicht still bist, mußt du im Kasperland bleiben."

„O Kasperle, hilf mir."

„Jetzt ist genug von Peringel, dem Schlingel, geredet, jetzt wollen meine liebe Frau und ich essen," schrie der König.

„Ich bin nicht deine liebe Frau," schrie Gundolfine.

„Doch das bist du und bleibst du!"

„Nein," schrie auf einmal Kasperle, „Tolu, ich will dir ein schreckliches Geheimnis sagen, aber dir allein, ganz allein."

Tolu dachte: „Er wird mir sagen wollen, daß er die Prinzessin heiraten will, aber dann lasse ich ihn in das Kasperlegefängnis stecken, das leide ich nicht." Er kletterte aber doch mit Kasperle in eine Wiege, denn nur dort wollte Kasperle ihm sein Geheimnis sagen.

Als sie oben waren, fing aber das unnütze Kasperle schrecklich zu lachen an.

„Warum lachst du?"

„Ich denke an Peringel, den Schlingel."

„Warum?"

„Weil der einmal sämtliche Wiegen durchgesägt hat, und alle Kasperles sind auf die Erde gefallen."

„Das weißt du noch?"

„Wie du hörst."

„Weißt du was, du bist Peringel und nicht Bimlim."

„Ich bin Bimlim, und wenn du noch ein Wort sagst, dann verrate ich dir mein Geheimnis nicht."

„Was ist denn das für ein Geheimnis?"

„Die Prinzessin ist eigentlich ein Tiger."

„O jemine.“

„Ja und sie heiratet nur, um die Männer fressen zu können.“

„Brrrr.“ Tolu schüttelte sich. „Ist nicht wahr,“ rief er.

„Ist doch wahr.“

„Bestimmt?“

„Mich hätte sie doch auch beinahe gefressen, und den guten Mister Stopps frißt sie ganz gewiß.“

„Das ist ja schrecklich.“

„Ja, sehr schrecklich.“

„Ich glaub's aber nicht.“

„Du wirst es schon glauben.“

Kasperle sah ein, es war nicht so leicht, einem Kasperle etwas vorzuflunkern, und er geriet ordentlich in Schweiß vor Angst, denn die Prinzessin mußte er retten, das stand fest, und Tolu sagte eigensinnig: „Ich behalte sie doch.“ Sie kehrten nun zu den anderen zurück, und der armen Prinzessin wurde es himmelangst als Tolu sagte: „Du bist meine Frau und bleibst meine Frau!“

Da gab es ein leises Geraschel unter der Prinzessin ihrem Kleid, und Kasperle sagte mit der unschuldigsten Miene von der Welt: „Nur eine Maus.“ Auf der Kasperle-Insel gab es gar keine Mäuse, und die Kasperles wußten nicht, warum die Prinzessin auf einmal so schrecklich schrie. Ganz unheimlich wurde es ihnen, und Kasperle sagte: „Sie ist ja auch ein Tiger.“

„Ich bin kein Tiger, das ist frech,“ und husch! fuhr die Prinzessin Kasperle in die Haare.

„Sie ist ein Tiger, ein Tiger,“ schrien die Kasperles entsetzt und rissen aus. Am allereiligsten hatte es König Tolu. Kasperle rannte ihm nach, aber König Tolu dachte, die Prinzessin wäre es und schrie: „Sie frißt mich, sie frißt mich!“

Die Prinzessin war starr, so ein Davongerenne hatte sie noch gar nicht gesehen. Auch Mister Stopps staunte. Auf einmal waren alle Kasperles verschwunden, oben aus den Wiegen sah man sie hervorgucken.

„Macht, daß ihr wegkommt," sagte Kasperle. Der sah noch im Sande etwas liegen, es war König Tolus goldene Lachpulverdose. Er hob sie auf und steckte sie ein. Da hatte er wenigstens ein Andenken an die Kasperle-Insel. Er wußte nicht, daß ein König, der die Dose verliert, dem Tode verfallen war auf der Kasperle-Insel.

Kasperle blieb stehen. Die Prinzessin, Marlenchen und Mister Stopps rannten dem Meere zu, denn ihnen war etwas unheimlich geworden.

Kasperle aber schrie, als sie fort waren: „König Tolu, komme her, ich habe dir etwas zu sagen."

„Meine Dose," schrie in dem Augenblick König Tolu. Da sah er die Dose in Kasperles Hand und er kam angelaufen und alle Kasperles hinter ihm her. Das war dem sehr unangenehm, er drehte sich daher um und befahl: „Keiner darf einen Schritt weiter gehen, ich habe mit Bimlim im geheimen zu reden."

„Das ist gut," dachte Kasperle, „dann sage ich es gleich, daß ich nicht Bimlim bin, sondern Peringel, der Schlingel."

Er lachte und König Tolu dachte, „er freut sich, weil er die Dose hat und nun König geworden ist." Er kam ganz zaghaft näher und Kasperle wunderte sich. Er dachte, König Tolu fürchtet sich noch vor der Prinzessin, und er rief darum tröstend: „Habe keine Angst, sie beißt dich nun nicht mehr."

Aber Tolu hatte über den Verlust der Dose die Prinzessin ganz vergessen. „Meine Dose," flüsterte er leise, als er vor Kasperle stand.

„Gehört die Dose dir?" fragte Kasperle ganz laut.

„Still, still, sonst töten sie mich, wenn sie merken, daß ich die Dose verloren habe."

„Und mich, wenn sie merken, daß ich Peringel bin," entfuhr es Kasperle.

Da standen die beiden Schelme, sahen sich an und lachten dann auf einmal laut auf, denn sie fanden sich selbst ungeheuer komisch.

„Du bist nicht Bimlim?"

„Und du hast deine Königsdose verloren?"

„Gib sie mir wieder."

„Wenn du uns nicht verfolgst."

„Ich verspreche es."

„Aber ich traue dir nicht."

„Du mußt nicht so mißtrauisch sein."

„Komm mit nach dem Schiff, dort gebe ich dir die Dose zurück."

„Und die Prinzessin?"

„Nä, die kriegst du nicht, die kriegt Mister Stopps."

„Ich denke, sie frißt ihn."

Da lachte Kasperle und der König drohte: „Peringel, du gingst als Schlingel und kehrst als Schlingel zurück."

„Nun komm, wir purzelbaumen ans Meer." Sie purzelbaumten nun einträchtig neben einander her, aber Kasperle konnte es besser als der König und so kam er eher an das Meer. Dort standen schon Mister Stopps, die Prinzessin und Marlenchen, und Kasperle mußte ein Späßlein machen, er rief: „Prinzessin, der Kasperlekönig holt dich!"

Himmel, erschrak da die arme Prinzessin. Sie wurde ganz grün vor Schreck. „Nun stirbst sie," klagte Mister Stopps.

„Stirbse nicht," tröstete Kasperle, „er will dich gar nicht, er denkt, du bist ein Tiger, ich hab's ihm gesagt."

„O Kasperle, was für ein Strick bist du," murmelte die Prinzessin. Der war der Schreck so in die Glieder gefahren, daß sie nicht einmal mehr schelten konnte. Sie war aber heilfroh, daß Tolu sie nicht mehr heiraten wollte. Dann wollte sie schon lieber Frau Stopps werden, als immer unter Kasperles zu leben.

Tolu bekam seine Dose, er nahm Abschied und versprach, kein Kasperle würde mehr kommen, um die Lachkanone abzuschießen. „Uie schade,“ rief Mister Stopps, und dann, als er hörte, daß Lachpulver in der Dose wäre, bot er Tolu viel Geld, wenn er ihm ein bißchen abgeben könnte. Aber der wollte nicht, nur einmal riechen durfte Mister Stopps, und er roch so gewaltig, daß er danach drei Stunden lachte und die Prinzessin schon Angst bekam, er würde nie mehr aufhören.

Kasperle aber stieg nach einem zärtlichen Abschied von Tolu auf das Schiff und rief stolz: „Ich heiße Peringel!“

„Du Schlingel,“ rief die Prinzessin.

„Schlingel ja, aber doch gut, daß er mitgeht,“ meinte Herr Severin, und das sagten alle.

Schluß

Am nächsten Tag konnte das Schiff seine Reise fortsetzen.

Kein Kasperle hatte sich mehr blicken lassen. Still lag die Insel und Kasperle stand auch still an Bord des Schiffes und schaute hinüber.

Wie schwer war ihm doch sein Herz!

Da hatte er noch nicht einmal das ganze kleine Land gesehen, wußte wenig vom Leben seiner Brüder, wie ein Traum lag alles hinter ihm.

Marlenchen stand neben dem Kasperle, als das Schiff sich in Bewegung setzte. Ganz langsam tat es das und langsam verschwand auch die Insel in der Ferne. Kasperle konnte sie noch lange sehen, und der Wind wehte einen köstlichen Blumenduft herüber. Der letzte Gruß von Valrosa, Kasperles Heimat. Da legte das Kasperle den Kopf auf die Holzplanke, an der er stand, und weinte bitterlich. So bitterlich, wie ihn noch nie jemand hatte weinen hören.

Und seitdem wurde Kasperle gar nicht mehr das alte, putzvergnügte Kasperle.

Er machte noch Streichlein. O ja!

Auf dem Schiff, das nun ohne Unfall seine Fahrt nach Amerika fortsetzte, passierte noch allerlei.

Der Prinzessin Gundolfine lag ein Fisch in der Nachthaube und in ihrer Wasserflasche war bitteres Meerwasser. Sie hatte auch einmal Teer, wie Kasperle sagte, an dem Hosenbödle, obgleich so etwas eine Prinzessin eigentlich nicht hat, und es fand sich, daß auf ihrem Stuhl Teer war. Wie er darauf gekommen war, wollte niemand wissen, auch Kasperle nicht, obgleich er wie eine Teerjacke aussah.

„Ja Kasperle!"

Mister Stopps lachte noch manchmal herzhaft, wenn auch nie so wie durch die Lachkanone, und dann bat er jedesmal: „Kahspärle, mein liebes Kahspärle, komm zu mich und uenn nur in den Ferien!"

Aber Kasperle wollte nicht. Wenn er sich auch besser mit der Prinzessin vertrug und die seine Streichlein nicht mehr so schlimm fand: mit ihr zusammen hausen, das mochte er doch nicht.

Man fuhr nach Amerika und fuhr wieder zurück, und eines Tages kam man wieder in Genua an.

Und wer stand da?

Angela, aber die junge, Florizel und Bob.

War das eine Freude! Florizel wollte gleich von Kasperles Insel wissen, aber da fing das kleine Kasperle zu weinen an, und Florizel sang ihm später dazu dies Lied:

„Liegt eine Insel im blauen Meer,
Finde sie nimmer und nimmermehr.
Ließ aus Treue dich Inselland,
Weil Marlenchen den Heimweg nicht fand.
Ich armes, armes Kasperlein

Mußte ein Held auf dem Meere sein.
Mußte entsagen so bitterschwer
Und seh' meine Insel nun nimmermehr."

Da weinte Kasperle jedesmal, wenn er das Lied sang. Er sang es aber gerne.

Angela und Florizel kehrten nun in die Heimat zurück. Bob blieb bei Mister Stopps. Erst wurde noch Hochzeit gefeiert, bei der Kasperle „aus Versehen" das ganze Tischtuch mit allen Gläsern, Schüsseln, Tellern und Gerichten herunterzog, es geschah aber nur aus Versehen. Die Prinzessin kriegte dabei das ganze Kompott auf das Kleid und Kasperle dachte, schade um das schöne Kompott, und schleckte es ab.

Es war eben Kasperle.

Und nach der Hochzeit kam man nach Torburg.

Lieber Himmel, gab das ein Geschrei, als Kasperle ankam! Alles, was Beine hatte, vier oder zwei, je nachdem, rannte herbei, um Kasperle zu sehen, und Kasperlebrötchen gab es wieder in jeder Bäckerei, und wie Kasperle wollten wieder alle Buben sein, auch die Mädels.

Acht Tage lang sprach die Stadt nur vom Kasperle, und man hätte noch länger von ihm gesprochen, wenn Kasperle nicht abgefahren wäre.

Aber die guten Torburger hätten am liebsten ihre Stadt umgetauft und sie Kasperleburg genannt, doch der Bürgermeister wollte nicht. Er sagte, das täte man nicht, wenn eine Stadt schon ein paar hundert Jahre einen Namen habe, müsse sie ihn auch behalten.

Also wurde aus Torburg kein Kasperleburg, und das ist schade, denn dann wüßte man heute, wo Kasperle damals gelebt hat.

An einem wunderschönen Frühlingstag kam Kasperle endlich wieder nach Lindeneck. Das sollte nun seine Heimat werden und bleiben.

Das feine Marlenchen war recht wie eine kleine, liebevolle Schwester zu Kasperle. Über Mangel an Liebe brauchte sich Kasperle nicht zu beklagen. Das ganze Land liebte ihn. Der alte Herzog August Erasmus freute sich genau so, wenn Kasperle kam, wie die Straßenbuben in Torburg. Es gab niemand im Land, der so beliebt war wie Kasperle. Wenn Kasperle auf einen Jahrmarkt kam, und das tat er sehr gerne, war es allemal ein Fest. Dann meinten alle Leute, so schön wäre es nie, denn Kasperle wäre eben Kasperle. Und Kasperle kasperte dann auch und aß Schmalzkuchen, bis er beinahe platzte. Und wenn er zum Herzog kam, kriegte er einen Pudding ganz für sich allein. Der Herzog söhnte sich auf Kasperles Zureden auch mit seiner Base Gundolfine aus, und Mister Stopps mit seiner Frau kamen einmal zu Besuch.

Und dabei geschah ein großes Wunder.

Die Prinzessin brachte für Kasperle eine riesengroße – sie war schon ungeheuer groß – Zuckertüte mit und sie sagte nicht: „Schling nicht," sondern: „Iß nur tüchtig!"

Das tat Kasperle dann auch.

Aber auf einmal konnte er die Tüte voll Zuckerzeug nicht aufessen, dazu war sie zu gewaltig.

Überhaupt vertrug sich Kasperle sehr gut mit der Prinzessin bei dem Besuch. Es sagten aber auch alle, Frau Stopps wäre viel netter, als die Prinzessin Gundolfine gewesen wäre.

Kasperle besuchte dann später auch einmal Mister Stopps, und Mister Stopps fuhr mit ihm nach Torburg und diesmal gab es eine Empfangsmusik, bei der zwar nicht die Trommel platzte, aber des Bürgermeisters Hosen, weil der so schrecklich viele Verbeugungen machte.

Sonst platzte nichts, es war aber sehr schön.

Am liebsten aber war Kasperle doch auf Lindeneck bei Marlenchen.

Marlenchen hatte überall, wo es möglich war, Blumen hingepflanzt. Blumen gab es an jedem Fenster, Blumen im Schloßhof, Blumen im Garten, Blumen im alten Schloßgraben. Die Leute nannten das Schloß deshalb immer das Blumenschloß.

Und dem Kasperle war es wie die Heimat.

Aber Marlenchen wuchs und wuchs und Kasperle blieb klein. Darüber grämte er sich sehr. Er wäre so gern groß geworden und hätte das Marlenchen geheiratet. Aber da kam der Prinz, der aus einem blassen Prinzlein ein schöner stattlicher Prinz geworden war, und wollte Marlenchen heiraten. Doch Marlenchen sagte: „Das geht nicht, ich muß bei Kasperle bleiben."

Treue um Treue.

„Kasperle hat mich gerettet, ich habe versprochen, bei ihm zu bleiben, und sein Wort muß man halten!"

Ja, sein Wort muß man halten.

Kasperle sah aber wohl, Marlenchen hätte gern den Prinzen geheiratet. Da sagte er: „Marlenchen, heirate, ich ziehe in die weite Welt."

Das war ein Wort.

Marlenchen wollte es jedoch nicht gelten lassen. Aber Kasperle zog es hinaus in die blaue Ferne, und an einem Frühlingstag ging Kasperle wieder auf Reisen. Er lief wieder durch die Wälder, sprang über Bäche, plumpste hinein, schlief auf Bergwiesen und kasperte auf Messen und Märkten herum. Er erlebte wieder die wunderlichsten Dinge, wurde geliebt und ausgelacht und die Kinder sangen vor Freude bei seinem Anblick:

„Heirassassa,
Kasperle ist da,
Der kleine Wandersmann,
Der alles kann.
Er heißt Peringel
Und ist ein Schlingel,
Wir lieben ihn alle,
Singt drum mit lautem Schalle:
Heirassassa,
Kasperle ist da."

Vielleicht kaspert er noch heute in der Welt herum und noch heute muß jeder lachen, der ihn sieht: *Peringel, den Schlingel*.